你不知道我是多么喜欢足球

[短篇小说集]

王祥夫 [著]

作家出版社

以小说、散文创作为主。作品多见于《中国作家》《当代》《十月》《人民文学》《上海文学》《小说选刊》《小说月报》《中篇小说选刊》《新华文摘》等，曾获第三届"鲁迅文学奖"，《上海文学》奖，《小说月报》百花奖，"赵树理文学奖""林斤澜短篇小说·杰出作家奖"等。

目 录
CONTENTS

滑着滑板去太原 / 1

电影院轶事 / 22

蕾丝王珍珠 / 36

马乐克斯 / 57

你不知道我是多么喜欢足球 / 83

狮子 / 102

大澡堂 / 116

生死契阔 / 132

告诉你清明节我要去钓鱼 / 155

架空在浴盆之上 / 170

不过是一种爱好 / 184

世界上没有永远坚硬的东西 / 200

最好什么也不要再说 / 212

猫咪咖啡馆 / 226

滑着滑板去太原

然后，他们就分手了。

现在就剩下王生自己了，背着包，用胳膊夹着他的黑色双翘滑板，他在想是不是应该坐长途大巴车回去，不像来的时候，一路滑来，五个人说说笑笑兴致有多高。他们都是滑板爱好者，他们是通过滑滑板认识的。前不久，也就是半个多月前，太让他们兴奋了，他们忽然决定要滑着滑板去太原，他们是一拍即合，他们异常兴奋，这实在是太让人兴奋了。一不坐飞机，二不乘火车，三不坐大巴车，四不靠越野自行车，他们要滑着滑板去创造一个大奇迹，滑着滑板去太原，雨季还没有来，正是滑滑板的好时候。如果这次成功了，他们下次要滑着滑板去更远的西藏。他们是从这个省份最北边的城市大同出发一路向南。路两边的杏花刚刚开谢，远山刚刚泛绿，也就是说，这个季节是出行的最佳时机，也是拍照片的最好时候。郑生说他获得了一次难得的边走边拍的机会。

你不吃亏，回去就是一本画册。黄生笑着对郑生说。

你们将永远活在我的摄影画册里。郑生说，等着吧。

他们五个，都是城市青年，他们没有任何的乡村生活经验，他们之中甚至有人都没有到过郊外，他们是在城市里长大的，他们从小到大只在大城市间穿梭。他们有时会飞到国外去旅游，比如泰国、日本或是韩国，或者再远点的加拿大和美国。但现在出去玩对他们已经没有太大的吸引力了，又是核酸检测，又是刷人脸，又是检查各种证件，这让他们很烦。他们合计好了，带上滑板，带上可以放水杯和药品还有睡袋的大包，反正是，路上所需要的东西他们都带齐了，当然还有指南针和打火机，手机充电宝和电须刀，他们有人甚至还偷偷带了避孕套。他们希望自己在路上有艳遇，可以让他们做爱。他们带好了这一切，出发了。滑着他们"极限公社"牌子的黑色双翘滑板，这种滑板真的很牛逼，他们都喜欢这个牌子，可以说再也没有比这种滑板更好的滑板了。他们五个，风格简直一致，都是狼尾头，留这个发型，他们至少要三个多月不理发才可以，狼尾头滑起滑板来很好看，脑后的长发会飘扬起来。用他们的话说是有动感。而用有些人的话说是性感。他们五个，对外介绍是"狼尾头五人滑板组合"，就这么，他们从山西最北边出发，像勇敢的候鸟，向南向南再向南。他们厌倦了城市的生活，他们希望体验一下乡村旅馆，或者直接住到乡下人的家里去，脏点乱点根本没什么关系，他们想多知道一些自己生活圈子之外的事，他们把路线图早就看好了，他们要努力避开高速公路，再说高速公路可以让人们滑滑板吗？好像是不行。他们一边研究路线一边抽着他们都喜欢的电子烟，这里要说一句的是，他们还都是电子烟爱好者,现在玩儿这个很时髦。别人都在戒烟,而他们却要开始抽了。他们总是这样。

但是现在,王生和他们分开了,不得不分开了。

王生犹豫不决的时候郑生对他说,回吧回吧,路上出点事对谁都不好。

就这么,王生不再随着滑友滑着滑板一路向南,他停下来了。

他们在一起快快乐乐地滑行了七天,走了几乎有一半的行程,现在却分开了。王生现在的心情真是很沮丧,太沮丧了,他觉得自己真不应该进到那个小庙里去,也不该去摇什么签。这下好,他要半途折返了。那个小庙也太诡异了。

别难过,回去见。郑生拍拍他的肩。

下次咱们去西藏。黄生说回去的路上多加小心。

王生站在路边,心里很难受,两眼泪汪汪地看着滑友们在公路上滑远了,看不清了,看不见了,然后他才在路边坐下来,他看着自己脚上的那双土黄色新鞋,这双鞋是他前几天在路边超市里买的,原来的那双鞋突然掉了底,这本来没什么,但让他心里很不安的是因为郑生,郑生说,咦,好好的怎么把鞋底掉了?这是什么兆头?这句话忽然让几乎他们所有的人都有那么点担心,你看看我,我看看你,其实他们五个,都不迷信,又什么也不信,他们是天不怕地不怕,虽然他们看过大量的鬼片和别的什么片,他们真的是什么都不信。但那天,他们来到了河边的那个叫"骑洋马"的村子,并且在那里住了一夜,那一夜的经历他们五个人可能都会毕生难忘。那间让他们留宿的大屋子实在是太吓人了，那种感觉怎么说呢，是一进屋就让人感觉有什么地方不对头了。他们五个，都被吓得不轻，都几乎一夜没睡。

那是间坐北朝南的正房，一铺大炕，够他们睡的，这样的北方大炕，即使是十个人也睡得下，炕的北面墙上贴了几乎有两张世界地图那么大用黄表纸画的符，黄纸朱砂，简直是太吓人了。那天晚上他们睡在一起，他们五个人合盖了三条被子，这里没有多余的被子，但还算干净。但他们怎么也睡不着，郑生小声说墙上的这个东西就是符，城里这种东西可不多，村子里是用这种东西镇那种东西的。

那种东西是什么？王生问。

那种东西就是那种东西。郑生说。

是鬼吗？王生问。

你说有鬼吗？郑生说。

这种事，说它有也有说它没有也没有。王生说不好说。

反正这屋子有问题。咔嚓，郑生用照相机拍了一下墙上的那张符，小声说。

但这个叫"骑洋马"的村子再也找不出别的什么可以住人的地方。

也许晚上我们都会变成一块一块没有生命的石头。郑生小声说。

你别吓我们好不好。黄生笑着说。

滑友们都看着郑生，他们都洗了脚，准备睡了。

郑生说他有一个民间的办法。

我什么都不信。何生说，我可以睡在最边上保护你们。

那就是我们睡的时候把内裤都脱下来，郑生说，那种东西最怕的就是男人的家伙了，如果有那东西的话，这个办法应该是很灵的。

如果是女鬼呢？黄生笑着说，黄生一路上总是在喝酒，他自己带着白酒，刚才又喝了两口，待会儿睡之前他还会再来两口。

那不正好吗？你都不用戴套。何生开玩笑说。

那可不行，那可太危险。黄生是学医的，还有一年就要毕业了。

到了睡觉的时候，王生他们真的都把内裤脱掉了，他们都一丝不挂，王生睡在东边的边上，何生睡在西边的边上，他俩把边儿，其他人睡在中间，然后，他们熄了灯。然后，一切都静了下来，然后，他们听到了河水流淌的声音，然后，还有一些更远的什么声音也传了过来，像是鸟啼，那种会在夜里啼叫的鸟。叽里咕噜、叽里咕噜，像是在说梦话，如果鸟会说梦话的话。

睡着了没？隔了一会儿，王生小声问睡在一旁的郑生。

别说话，睡吧。郑生说。因为是一丝不挂睡在同一个被子里，他们只好背对背。你听，什么声音？过了不一会儿，郑生把身子轻轻转了过来，把嘴附在王生的耳边小声说。其实这时候其他人也都还没睡着，说实话他们五个人根本就睡不着，这不是他们的事，虽然他们白天滑滑板滑得都已经够累了，他们应该是一躺下就睡着了，但他们就是睡不着，这是屋子的事，这是他们谁也说不清是什么事的事，屋子里有什么？肯定有，但他们谁都说不出有什么。

你别不相信，我听到了。程生又把嘴附在王生耳边小声说，其实别人也听到了，有人在动桌上的东西。啪啪啪啪、啪啪啪啪……

我的天哪，听。郑生又小声对王生说。

睡在边上的何生把灯猛地一下打开了，五个人都一下坐了起来，头发都几乎竖了起来。屋里当然什么都不会有，但他们发现放在桌上的一个大纸盒子被挪了地方,那纸盒子现在在桌子旁边的椅子上。之后,他们又熄了灯,都连头带身子缩到了被子里,他们只好在被窝里看手机,互相发微信,这么一来呢,他们就更睡不着了,而且都被吓出了汗,之后他们是不停地又开灯,又熄灯,又熄灯又开灯。那个纸盒子像是有了生命,只要一熄灯就会跳到另一个地方去。王生突然又坐了起来,他觉得好像有什么伸进被窝猛地摸了他一把,凉凉的,王生惊叫了一声,他不敢再睡在边上,他跳起来,钻到了黄生的被子里,这么一来他就睡在了中间。他们五个人已经很累了,他们滑了一天的滑板,但他们谁都睡不着,用被子蒙着头,几乎一夜。

你说会不会是老鼠?王生在被窝里发微信给郑生。

老鼠能把盒子从桌上弄到椅子上吗?郑生的微信马上发过来了。

会是鬼吗?王生又把微信发给了郑生。

你自己说吧!郑生马上又发过来了。

他们把自己埋在被窝里,不敢说话,只能发微信,虽然他们一个挨着一个。

王生就这么和滑友们分手了。

王生准备吃点东西再上路,他会顺着来时的路向北向北再向北,路那边有个小饭店,小饭店的墙上写着"环球面馆"四个字,这真是有点滑稽。王生就是在这里和滑友们分的手,分手的时候郑生还给他拍了张照片,背景就是"环球面馆"那四个大字。王生已经注意到那个年轻胖子了,那个年轻胖子也在看他,那个年轻胖子可是真胖,目测三百多斤都不止,头和肩膀之间简直就没有脖子,王生觉得这个年轻胖子可能有很长时间都看不到自己的鸡巴了，肚子已经挡住了他的视线，当然他也不可能看到自己的两只脚，这是肯定的，他要是想看自己的脚就必须用两只手把自己的肚子用力往回搂，用力再用力，王生这是第二次看到这个胖子了，王生心想他可能也是出来旅行的，或者他也许仅仅是为了减肥而出来行走的，这种人现在不少，他们相信身上的肥肉会通过不停地行走被甩在路上。但他怎么什么也没拿？这个年轻胖子，也站在路边，他是不是也不想再走了，也想在那家饭店吃完东西再上路。

刚才，王生已经进店去问了一下，那个瘦男人正在剥煮熟的鸡蛋，好大一盆，瘦男人对王生说十一点半才会有饭，他们现在正在做准备，准备先把鸡蛋给卤出来。王生已经闻到了那股味，很香，是油泼辣子的味道，王生很想吃一碗路边这种小店的油泼辣子面。这时那个年轻胖子也进来了，进门的时候身子在门框上不小心蹭了一下，他也他妈的太胖了。

年轻胖子也问了一声。是不是有油泼面？

十一点半。瘦男人把这话又说了一次。

王生朝胖子那边看的时候，正好和胖子的视线碰在了一起。

年轻胖子朝王生和气地笑了一下。

年轻胖子朝这边走过来了，看样子他想和王生说什么话。

王生听到呲呲的喘气声了，几乎是所有的胖子都有的喘气声。

年轻胖子过来的时候，王生在心里想，他这个块头肯定滑不了滑板，王生现在养成了一种习惯，只要看到一个人就总是在心里想这人能不能上滑板，就像以前上高中的时候只要一见女人就在心里想这女生能不能让他来那么一下，这么一想，他那地方就总是会马上顶起来。所以上高中的时候王生几乎都不敢穿短裤。

年轻胖子问王生，你抽的是什么香型，我透，真好闻。

王生还没来得及回答，年轻胖子又说，我可不可以试一下？

王生觉得自己是应该拒绝的，但还是把电子烟递给了胖子。

年轻胖子抽了一口，嘴真肥嘟嘟，说，挺好。随后就又把烟还给了王生。

年轻胖子又问，滑滑板可不可以减肥？是不是可以减肥？

王生不知道该怎么回答，王生看着胖子，觉得这人是不是有点儿傻逼。

我再来一口，几乎是紧接着，年轻胖子又把电子烟要过去抽了一口。

怎么样，滑滑板是不是可以减肥？胖子又问了一句。

王生本来想回答一下胖子的这个问题，但王生突然不想说这个话题了。因为王生觉得这个年轻胖子很蠢，再加上王生的心情并不是那么好。

年轻胖子是没话找话，他又说，吸电子烟是不是也可以让一个人瘦下来？

这次，王生回答了一句，你上百度。

我透，真热，我得脱件衣服。年轻胖子看了一眼王生，说。

当然你想不到会这么热。王生笑了一下。

别笑，我小时候本就没这么胖。年轻胖子说，问题是我小时候做了一个手术。

王生想问胖子做的是什么手术，这时饭店的瘦男人朝他们走了过来，真是看不出他是店员还是老板，他招呼王生和胖子再往里边坐坐。

差不多了，里边的桌子刚收拾过。瘦男人说。

王生说还不到十一点半呢。不过当然还是早点吃为好。

那个瘦男人对王生和年轻胖子说，差不多了。

年轻胖子脱外衣的时候，王生也开始脱。

我以为只是我觉得热，其实这种天气穿短裤也可以。年轻胖子的话好像一半是对王生说一半又像是对饭店的瘦男人说。

穿短裤都可以，真的。年轻胖子又说，如果再热我就穿短裤，我带着呢。

瘦男人说你们不是一块儿的吧，你们是不是都来油泼？

年轻胖子说我现在吃饭都很注意，吃面条一小碗就够了。

碗都一样大，我们这地方不分大碗小碗，瘦男人进里边去了。

瘦男人很快就把面端了上来，用一个橘黄色的塑料大托盘，碗特别地大，毫不夸张地说像个小洗脸盆，胖子说的那种小碗根本就没有，碗虽然大，里边的面却只有一半。饭店的瘦男人说咱们这地方吃面都这样，碗大了好拌，碗小了就没法拌。这样的半碗其实要比别处的一整碗都多。

我看你说得不错。王生比划了一下，广州的碗才这么大。

我透，还真是这样，太小。年轻胖子也说。

这样的半碗比别的地方一整碗只多不少。王生开始用筷子拌面。

你怎么和他们分手了？年轻胖子这时候已经开始"呼噜呼噜，呼噜呼噜"地吃面，声音真大，他突然问。

王生觉得这不太好回答，关于那个小庙，不是几句话就可以讲清楚。如果不是因为那个小庙，他和滑友们也许现在还在一起，像候鸟那样向南向南向南。王生太喜欢那种感觉了，五个人一起在路上滑行，狼尾头的头发飞扬起来飞扬起来，可真是性感。王生忽然很想把小庙的事情对这个年轻胖子讲一下，如果不是年轻胖子坐在对面，王生觉得自己也许都会对饭店里的瘦男人讲一下这事。这件事，也就是小庙的事，他不讲是不行了，这是一种欲望，他要把心里的欲望释放出来。那件事也太诡异了。他都相信这个世界上真有鬼了。

给咱们再来一碗。让王生吃惊的是年轻胖子这时候已经吃完一碗了，怎么这么快？这简直是让王生吃了一惊，王生的面几乎还没动呢。

王生看着年轻胖子，真是有点吃惊。

我吃饭很快。年轻胖子说不过这面真的很好吃。

瘦男人又把一碗面端过来的时候顺便又把油泼辣子拿过来了，放在了王生和胖子中间，这个你们可以随便加。

太好了太好了。年轻胖子的呼噜声马上又响了起来，声音可真大，他一边吃一边说，我透，太刺激了，这个可真是太刺激了。

我们这地方的辣子主要是香，是印度辣椒。瘦男人已经在旁边的椅子上坐了下来，他给自己点了一支烟，店里现在还没什么人。

可不可以再来点面汤？年轻胖子说。

瘦男人马上站了起来，当然有，他进厨房里边去了。

王生看着胖子，准备讲小庙的事了，王生觉得自己已经憋不住了。

我不得不跟他们分手,太诡异了,可吓坏我了。王生说。

呼噜呼噜,年轻胖子看着王生,什么吓坏你了?一句。

那个下下签吓坏我了。王生又说。

呼噜呼噜,什么签,你说什么签?年轻胖子又一句。

一连三次都是那个下下签。王生说。

呼噜呼噜,签是什么?什么签?年轻胖子又一句。

年轻胖子一边吃一边说一边呼噜呼噜。

签就是庙里的那种签,你连这个都没听过吗?王生说。

好像听过。年轻胖子想了想,算卦用的那种吧?

这时有条狗从外边进来了,又马上出去了,很奇怪的是它马上又进来了一下,然后又出去了。这时有车从外面过去,发出轮胎在路面上碾轧的声音。王生吃好了,开始抽自己的电子烟。想不到,年轻胖子这时居然又要了一碗,这已经是第四碗了,王生有点被他吓唬住了,王生看见有汗正在从胖子的腋下流下来,背心那地方都湿了,王生站起来绕着年轻胖子走了一圈儿,这家伙的后背也湿了。

你可不能再吃了。王生对年轻胖子说。

我平时也不这么吃,我平时只来一小碗。胖子说,拍拍胸,又拍拍肚子,以后不会这么放开了,问题是我小时候做了一个手术,所以才这样。

加上这碗你吃了四碗了,你还喝了一碗面汤。王生走来走去。

你说你摇签的事,别说这。胖子说。

你需要减减肥,别吃这么多,我吃完饭习惯走走。王生说,这样对身体好。

问题是我小时候做了一个手术。年轻胖子说,也许是做坏了。

你说说你的事好不好?胖子又说。

那个庙那个庙那个庙……

王生坐下来,开始说自己的事。

我透,你慢点说,你别急。胖子说,我也可以慢慢吃。

这时候胖子的第四碗面其实已经又吃完了,他在喝碗里的面汤,他背心的肚子那地方的汗也开始洇出来了,在扩大。

一般来说,乡下都会有庙,这个你知道,这个庙啊那个庙啊或者是其他什么庙,但你根本想不到那个庙会叫"大圣庙"。王生对胖子说。那个小庙其实是在一个小山坡上,从上边看可以看到北边的一些房子,还可以看到对面种的树,都是些小树,应该是树苗吧。我们是滑着滑板从北边的水泥路那边一路过来,你知道滑板在这个季节的水泥路上会很不舒服,但要是到了夏天沥青路就更不行了,我们从北边一路滑过来,我们是雁式滑,也就是滑的时候要把两个胳膊抬起来摆平,像大雁的翅膀,太好看了,这样滑的时候技术不好千万别拐弯,但我们拐了,我们照样拐,拐过那个弯我们一眼就看到了那个小庙,我们都认为那地方发生了火灾,浓烟滚滚的。

我透,什么大圣庙?不对吧,应该是大雄吧,大雄宝殿。胖子说。

也许你说得对。王生说。

大圣可太难听了,还大圣,你知道什么东西才叫做圣。胖子说。

王生马上就明白了,这谁不知道,就是那个嘛,但不是那个字,只不过是那个音,音同字不同,不是下边有个月的肾,而是上边有个又的圣。

知道知道,胖子笑了起来,庙里供的什么?

待会儿我告诉你。王生说。

不过我不喜欢庙,我喜欢教堂。胖子又说。

不管怎么说你总是去过庙会吧,王生说,但我说的这个庙可真是个小庙,因为庙太小了,人就显得特别多,因为是赶庙会,也就显得特别热闹。远远看去,这个小庙真有点吓人,浓烟滚滚的,其实是烧香的人太多了,那个小庙的规矩是不烧香就不许进去,人们只好在一进庙门的那地方先把香买好了,但还是不停地有人出来,不停地有人进去。

浓烟滚滚的。王生又说了一句,站在远处看就像是火灾。

胖子闭了一下眼睛,然后又睁开。

真还想象不出来。胖子说,你继续说。

王生对胖子说碰上这种事最兴奋的就是我们那个郑生。郑生是一下子就兴奋了起来,开始忙他的,郑生有一个老古董莱卡相机,镜头都露出黄铜底子了,他是走到哪里拍到哪里,他经常喜欢把他拍的片子给旁边的人看。这一次出来,他的计划是一路拍下去然后出个画册,他算过了,这差不多要一百多个胶卷,现在胶卷并不像有些人想的那样很难买,其实在网上是很方便的,而且也不贵,只不过现在用胶片的人是越来越少了,其实网上还能买到那种古董级的玻璃底片,不过太贵了。王生对胖子说这些都是郑生告诉他的。王生说郑生不太喜欢用手机拍照,他也根本就不会用手机去拍。说那太不专业。郑生只喜欢用正经的照相机拍照片。他热衷这个，郑生还有一个小暗室，没事的时候他会一个人待在里边又是冲洗又是放晒，为此他还带了一个同学，女的，他有时会带她到暗室里去工作一会儿。郑生的专业水准还表现在他出来的时候总带着一个暗袋，就是里边是红布外面是黑布的那种暗袋，郑生用这种暗袋给相机换胶片的时候简直就像是个变魔术的。

平时他那个暗袋里就放着一些乱七八糟的碎东西，比如小茶叶筒。

现在谁还喝茶，我只喝咖啡。胖子说。

去星巴克吗？王生对胖子说，但你最好不要加糖。

你继续说你的。年轻胖子说。

王生就继续接着说，说郑生在小庙外边拍照片的时候别的滑友就都陆续进了小庙里边，外边其实也没什么好看的，不过是小庙的院墙上插了些各种颜色的彩旗，因为那些彩旗是庙会期间才会拿出来插一插，所以颜色就显得特别鲜亮好看，而且，旗子都是那种三角形的。

黄生和何生还有王生他们就都挤到里边去了，他们想看看里边供的到底是什么佛，因为进门的时候他们不得不买香，所以他们都准备把香在佛前烧了，这种东西不烧也不能扔，又不能交给旁边的人。黄生说，真他妈挤，待会儿挤上去的时候我要给我母亲磕几个头。他这么一说何生也就想起了自己也要磕几个，给自己的父亲，他父亲前不久病了，就这么回事，但人太多了，他们想看看跪在里边的人怎么磕头都看不到，磕头这种事也好像是个技术，手怎么这么一翻再那么一翻，怎么举起来，再怎么放下来，就像学校里的眼保健操。做完这些动作人才能再伏在那个由各种碎布缝的花花绿绿的垫子上许愿。小庙的佛殿里人真是多。黄生他们还是终于挤到了前边,是黄生第一个忍不住先大声笑了起来,他一眼就看到供在那里的佛原来是个孙悟空的像,立着,拿着根柳木棍子,也不大,像个小孩儿那么高,身上的彩绘有点脱落了。但他手里的棍子上挂了不少红布条子,像流苏,还有一条蓝色的哈达。

他妈的,原来供了个孙猴子。黄生马上就笑了起来。

我上初中读《西游记》就认识他了。黄生已经把身子转过来了。

谁想烧谁烧吧,我是不烧了。黄生说。

站在黄生旁边的人都用那种多少有点惊恐的目光看着黄生,其中的一个人对黄生说年轻人这可不能开口胡说,可灵着呢。这人说话的时候黄生已经抽身从里边挤出来了,别的滑友也都紧跟在他的后边,都把滑板在手里高高举着,这样才不会碰到别人。从这个门好不容易挤出来之后,他们举着滑板往西边走,然后就看到了旁边的那间屋子,桌子上放着签筒,有不少人安安静静排在那里等着摇签。因为是小庙,也没有解签词的人,也不用用签上的号去对签条看自己摇到了什么吉言祥语,竹签的头上都直接写着,上上,中上,平中,平上,平下,下下。下边就是那些词,合辙押韵的都是一些好听话,当然下下签上边的话就不好听了,还挺吓人的,那些签都是用比较厚的竹片做的,已经被人们放在签筒里摇来摇去弄得像古董。但写在签上的字还能让人们看得清,上边的字是用红油漆写的,一般都不会被磨损掉。

黄生他们就排在那里准备摇签了,这才发现这个摇签的地方倒是坐了一个像和尚又不像和尚的人，因为他没穿和尚的衣服，所以不能说他是和尚。等到黄生要摇签的时候，这个人却突然开了口，说，先敬香后摇签，要不不灵。黄生便把香点着插在桌上的香炉里，然后开始摇。他把签筒放在手里"哗啦哗啦"摇了好长时间，真是好长时间，之后才从签筒里跳出一根签来，"啪啦"一声，就是跳，一下子就跳了出来，据说有时也会跳出两根，如果两根，一根是上签另一根是下签，这两根就叫做阴阳签。黄生摇的这个签是平上，黄生想让坐在那里的人给他看一下，讲一讲，那个人说现在都是有文化的，你自己看，我只负责老人和盲人。

你自己看吧。那个人说。

其实我也不相信这个。黄生对那个人说。

不相信你就别摇。那个人说这种事不能开玩笑。

宗教还不都是骗人的把戏？黄生说。

那个人就不再说话了，看样子像是生气了。

县长和市长都来摇呢，还上布施呢。这个人又突然开了口。

那他们更是胡闹，只能说明他们没文化，孙悟空又不是佛，孙悟空不过是个小说里虚构的人物。黄生有点结巴了，黄生一急就结巴，我们第一学期学的就是这，古典文学没有不讲这的。

说这些做什么？你在外边等着我们。程生拍了一下黄生。

黄生就笑着出去了，举着他的黑色滑板，往外挤，一挤一挤。

黄生摇完，该着何生来摇，何生也是个平上，何生摇完该着程生，程生欢天喜地笑得马上都合不上嘴，他是个上上签。他想让那个人给看一看，那个人说年轻人你自己看吧，上边那不是写得清清楚楚的吗，你这个签好，上上还有不好的吗？那个人突然把他自己的手机掏了出来，要想看详细的解释你就加一下微信。

十块钱加一下，回去仔细看，想怎么看就怎么看。那个人又说。

程生马上就加了一下那个人的微信，而且还把他刚才摇到的那个签用手机拍了一下，说要马上发到群里给朋友们看看。

签也是古老文化的一部分。程生对那个人说。

那个人马上就高兴了，你一看就是高材生。

我明年毕业。程生说。

大学吧。那个人说。

当然大学啦。程生说。

年轻胖子一只手放在自己的肩膀上，另一只手放在自己的肚子上。他听得很认真，王生说话的时候他就一直看着王生，他微微有点喘息，轻微的呲呲声。

我手机里也有那根签的图。王生对年轻胖子说，你想不想看？

我还真没见过签是什么样。年轻胖子说，这都是什么时候的事？

昨天啊，是昨天的事。王生对年轻胖子说。

你摇的是什么签？怎么就把你吓坏了？年轻胖子说。

可吓坏我了，所以不能继续走了，毕竟是在路上。

你还真信了？年轻胖子说。

一连三次啊！王生对年轻胖子说自己真被吓坏了，别人也被吓得够呛，就相信一回签上说的话吧，这种事，宁可信其有不可信其无。郑生这么说，黄生也这么说，何生有点发呆，说这种事真不可思议。

他们都劝我不要再继续向南滑了,所以现在就只剩下我一个人了。

你刚才说你一连摇了三次,不是说只能摇一次吗?年轻胖子说。

按规矩只许摇一次,但我和我的那些滑友当时都被吓坏了,紧接着就又摇了一次,摇完第二次就更吓人了,我就又摇了第三次,让任何人都想不到的是,第三次摇出来的签还是前两次摇到的那个下下签,周围的人当时脸色都变了。

你是说你一连三次都摇了下下签?胖子说。

王生把手机打开了,他要把那个下下签的照片从手机上找出来让胖子看看。

一连三次,怎么会这么巧?胖子又问。

所以你必须要信,有些事谁也说不清,你信就行,你看。王生找到了,用手指在手机屏上放大了一下,又放大一下,递给年轻胖子。

有些事真是说不清,但说不清不等于不存在。年轻胖子把手机接过来。

一连三次都是同一根签,三次都是同一根,你说吓人不吓人。王生说。

所以你就退出了?所以你就不滑着你的滑板去太原了?胖子说。

太吓人了。王生说。

放签的那种筒里边有多少根签?年轻胖子问王生。

不等,有的也就十多根。王生说。

怎么这么不清楚,看不清。年轻胖子又把手机还给了王生。

我念给你听,王生说。王生已经把签上的那几句话背会了:三春一场黑雪飞，外出老少快自归，如若不听人相劝，病倒路上无人埋，性命人财一堆灰。

第一次摇出的就是这个？年轻胖子问。

是。王生说。

第二次摇出的还是这？年轻胖子问。

是。王生又说。

第三次又是吗？年轻胖子说这可真是不一般了。

你说怕不怕？一筒签，摇来摇去偏偏跳出这一支。王生说。

你说怕不怕？一筒签，再摇来摇去跳出来的还是这一支。王生说。

你说怕不怕，一筒签，第三次摇，摇来摇去它又跳出来了。王生说。

年轻胖子不说话了，他有点吃惊，他看着王生，这种事，他从来都没听说过，但他对这种事是既不怕又不那么热衷。他倒是对王生很感兴趣，他很喜欢王生留的这个发型，狼尾头真的很帅，这种发型能让整个人都显得精神起来。

年轻胖子对王生说，我爸在森林派出所当森林警察，要不我们去森林？

一筒签被我摇来摇去摇了三次，三次都跳出的是这同一支，你说吓人不吓人吧？但我现在不怕了。王生又说，我想过了，越想越怕还不如不怕。

对。年轻胖子说，虽然我不明白这是什么事，但你别怕它。

我现在已经不怕了。王生说。

回去的路上一定小心。年轻胖子说，其实你坐大巴更方便。

下午一点多的时候，王生和年轻胖子都已经吃好了，也歇好了，他们该离开这家小饭店了，王生把自己的包收拾好了，年轻胖子原来也有一个包，已经从小饭店的角落里拿了出来。这时有人从外边进来了，是开大卡车的司机，满脸都是黑，他们进来吃中午饭。他们先洗脸，扑哧扑哧、扑哧扑哧，洗完这一盆，哗地泼出去，再来一盆，别人又接着洗，扑哧扑哧、扑哧扑哧。

我可以陪你走一段，因为我也要朝北走。年轻胖子对王生说，他跟在王生的后边，王生走在前边，拎着他的黑色双翘滑板。他们从饭店出来。

王生上滑板的动作真是漂亮，他不知怎么就把滑板在地上一下就立了起来，不知他是怎么使的劲，立起来的滑板在原地转了起来，王生把身子又轻轻一蹲一纵，真是漂亮，人已站在了他的双翘滑板上了，王生不知又使了什么劲，让滑板和他的身体同时跳了起来，落地的时候，滑板又开始旋转，然后才是蛇行，蛇行出七八米然后再倒退着回来。王生踏着滑板倒退着回来的时候身子轻轻碰了一下年轻胖子，王生用一只胳膊搂了一下年轻胖子。

再见，以后千万要少吃点。王生说。

再见。年轻胖子也说。

再见，王生又说，挥挥手。

年轻胖子马上就叫了起来，那边是南，你怎么朝南？

没错，我就是要继续朝南。王生说。

你不回家了吗？年轻胖子把两手放在了嘴边。

我要滑着滑板去太原，我现在什么都不怕了。王生也大声说。

路上小心 —— 年轻胖子把双手放在嘴边大声说。

滑着滑板去太原、滑着滑板去太原、滑着滑板去太原 —— 王生的声音远去了。

滑板此刻和王生是一体的，公路被太阳照得很亮，在这很亮的公路上王生滑出的每一个弧度都是那么优美，他的狼尾头在飘扬起来飘扬起来飘扬起来……

电影院轶事

情人节这天，电影院发生了一件事。

这个小城一共有两家电影院，一家在西门外，一家在市中心，还有一家剧院，在北门那一带。小城呢，也就是这么个普普通通的小城，四个城门，东南西北各一个，四条大街，分别叫做东街南街西街北街，中心地带是一座鼓楼，鼓楼那一带的街叫做"大十字"，因为它本来就是个十字街，是四条街交会的地方。因为这样，这地方就特别热闹，这里还开了一家金店，金店是卖金子的地方，但却叫了"银星金店"，不少人看了那个大招牌会在心里想，你就是叫"金星金店"也不会有什么问题啊？怎么偏偏叫了个"银星金店"，这是怎么回事？金店对面是这个小城里边的最大一家超市，超市为了吸引顾客还特意修了一座观光桥，站在观光桥上，这个小城就可以一览无余了。站在观光桥上的人有时还会看到银星金店那个老头儿在喂小鸟，他在窗台外边放了一个很大的碗，每天定时会在碗里放上小米，然后对着窗外树上的小鸟一边挥手一边说，你们都来吃啊，你们都来吃啊，你们肯定都饿了。这个小城的东边，是条河，因为这条河，城市就只好向着北边发展，北边呢，是山，现在是冬天，站在观光桥上还可以看到北边山上的积雪，雪还皑皑的没化，而小城东边的那条河却已经是流水潺潺了，水鸟也已经飞了回来。已经是六九了，春打六九头，春节说来就来了，春节一来，小城里照例是热闹，腊月和正月本来就是一年四季最热闹的两个月。腊八，人们腌腊八蒜吃红豆粥，小年，人们吃麻糖送灶王爷，之后便是春节到了，春节的讲究就更多，初一怎么过吃什么，初二怎么过吃什么，初四一直到初五吃什么做什么都有各种讲究。再之后呢，忽然情人节就来了，中国人原是不过情人节的，情人也不是什么好听的词，情人节一来，电影院可就热闹了，情人们最爱去的地方之一当然是电影院，在电影院里看电影的好处首先是黑，谁也看不清谁，黑咕隆咚，这样一来呢，情人们就可以有小动作，或者是大动作，反正是谁也看不清谁。情人节这一天电影院放的电影又都与爱情分不开。广告是早早就打了出来，电影院内部关于在情人节放什么影片都认真研究过，女主任王桂英说找那些有接吻的，或者是有床上镜头的，这样的镜头越多越好越吸引人。其实电影院的女主任是自己跟自己研究，电影院因为日子不好过现在只剩她一个人了，她既是主任又是电影院里唯一的工作人员，她既负责卖票，又负责把门打扫卫生，这真够她忙的，但一般情况是，放电影的时候她男人会过来帮一下手，帮她放放电影。

就这样，情人节闪闪发光地来了。

怎么说呢，电影院是个好玩的地方，别说是里边，就是电影院外边，也与别的地方不太一样，很是热闹。有人在那里卖水果，各种水果，花花绿绿，卖水果的对路过的人们说她的水果最好，世上再也没有比她的水果更好的水果了。还有人在那里卖饮料，大桶小桶，冰激凌和雪糕，冰激凌和雪糕的颜色真是艳丽，卖饮料的对前来吃雪糕和冰激凌的说她的雪糕和冰激凌保证没有任何色素和添加剂。除了卖水果和卖饮料的，电影院门口还有一个卖香烟的，不是整盒整盒地卖，而是一支两支地零卖。各种牌子的香烟都放在那里，你想抽哪种都可以，你买一支也可以，买两支也可以，随你买什么牌子的。这真是让那些喜欢吸烟的人们高兴。他们根本就不用在口袋里鼓鼓囊囊地放一盒烟，喜欢吸什么烟来这里买一支吸吸就行，两毛钱一支的"紫云"，一毛钱一支的"大婴孩"，最贵的"中华烟"也就五块钱一支。这可太好了，太方便了。卖香烟的那个年轻人，白白净净，喉结很大，一说话一动，一说话一动，手指像是格外的长，没事的时候他总是在那里安安静静地织毛衣，这就显出了他与别人的不同，像是有点娘，他的毛衣织得真他妈好，针法好，变化也多，特别粗的针加上特别粗的毛线，凭空就有了一种粗粝的美。他是只织男人穿的毛衣，半个月织一件，据说一件卖两千都有人抢。有人认识这个年轻人，知道他们家里原来就都是织毛衣的，是织毛衣的世家。人们知道他的父亲就是靠织毛衣把他的两个孩子拉扯大的。他父亲织的毛衣在这个小城特别出名。这个年轻人，也是从小就跟了他父亲织毛衣，织毛衣是个安静活儿，坐在那里织就行，但他却不肯安静，他在网络上开了"快手"，专门展示他怎么织毛衣，网名就叫了"毛衣哥"，有时候还会来个直播，这无疑是给他做了很好的宣传，他现在的事可真不少，卖香烟，织毛衣，上快手，三件事同时做。冬天天气太冷的时候，他会偶尔不出来，会在家里睡个懒觉，算是给自己放一天假。他会从晚上一直睡到第二天的中午，用他的话说是"睡透了，这下可睡透了"。但平时他几乎是天天都出来，偶尔一天不出来还会有人问他是不是生病了，是不是有什么事了。

昨天怎么没出来啊？有人问了，发短信。

天太冷了呀。毛衣哥也发短信，说出去也不会有什么人。

你可以到我这里坐呀。发短信的是个开镶牙馆的，比毛衣哥大。

在家里我还可以织织手里的活儿。毛衣哥在短信里说。

起吧起吧，该起来了，别老勃在床上。镶牙馆牙哥用了一个"勃"字。

能睡懒觉就是我的幸福了，让我再幸福幸福吧。毛衣哥的短信。

好羡慕你啊。牙哥的短信。

那你赶快过来，我把被子撩开啦。毛衣哥的短信。

那我过去了，你可得小心，我可不是一般的厉害。牙哥的短信。

来，来钻，看看咱们谁厉害。毛衣哥的短信。

在这个小城里，人们一般都习惯把镶牙馆的人叫师傅，镶牙师傅或拔牙师傅，但当着面就不好这么叫了，都医生医生地叫。而毛衣哥却有他自己的叫法，他叫他牙哥。就这个牙哥，其实比毛衣哥大不了几岁，刚刚结了婚，他经常会跑到毛衣哥这里吸支烟说说话，他俩像是特别合得来，总有说不完的话。牙哥长得和别人不太一样，是一字眉，眉毛几乎通了，所以他经常地要把眉毛刮一刮，好让它们分开，不让它们连在一起。他从医学院毕业出来，大医院进不去，只好自己开了一家镶牙馆,除了镶牙,牙科的病他也都能对付得了。他的镶牙馆就在电影院南边。是去年,就这个毛衣哥和那个牙哥,他们两个,不知怎么就约好去了一趟西藏,他们是骑着自行车出发,为了去西藏,他们各自买了一辆山地车。他们先是去了成都,然后从成都再进藏,他们每人还背了一个睡袋,尼龙面料军绿色的那种,他们商量好了,一个睡袋是单人的,另一个是双人的,这样一来呢,平时他们可以各自睡各自的,要是天气实在太冷他们就可以钻到同一个睡袋里去相互取暖。他们还准备了"红景天",当然还有些别的必需品,比如午餐肉和压缩饼干还有奶粉什么的。帐篷却只有一顶,晚上他们会睡在同一个帐篷里边,这样安全一些。他们去西藏,一路上总是期待着发生点什么事,比如碰到狼,或者是雪豹,或者是棕熊,但他们什么都没碰到过,一切都很正常,一切都很平静,他们在拉萨的酒吧里喝啤酒,一喝就喝到后半夜,还去蹦迪,一蹦就蹦到天快亮。他们在西藏待了差不多有一个月,转山磕长头敬香转经筒几乎什么都做了。后来他们还是恋恋不舍地回来了,直到回来,他们才明白自己这次出去最大的收获其实就是明白了两个男人在一起也会很快乐。回来之后,他们各自忙各自的事,有好一阵子没见面,虽然他们都住在同一个城市,虽然他们离得不远。忽然呢,怎么说呢,他们居然都很想念对方,这种想念简直是来势凶猛,他们都想着赶快见面,其实他们离得真是不远,走路十多分钟就到了。而忽然他们又都有那么点害羞,为什么害羞?这只有他们自己知道。而一见面,他俩马上明白自己的所有快乐居然就是想和对方在一起。而且,他们都喜欢上了喝奶茶。还是奶茶好喝。牙哥说。奶茶真好喝。毛衣哥也说。他们喝奶茶,吃一点从西藏带回来的牛肉干，那些在西藏待的日子就好像又突然回到了他们的身边，这真是让人激动。所以他们马上又制订了再次出去的计划，这次他们要去新疆昌吉，他们在那里有一个共同的朋友叫马昌生，他们计划先去看他一下，然后再去奇木，他们把路线都已经看好了。最关键的是他们都想去看一看那个胡杨林。

每一棵据说都够他妈几千岁。毛衣哥说。

那咱们还不赶紧去。牙哥说。

六月咱们就行动。毛衣哥说。

好，我听你的。牙哥说。

毛衣哥虽然比牙哥小几岁，但牙哥事事都听毛衣哥的。

毛衣哥，我们就叫他毛衣哥吧，虽然他看上去多少有那么点娘，但他特别有主意，他现在已经是这个小城的一个名人了，许多人通过快手认识了他，好像是，他现在想做别的什么事也都不可能了，他不能改行了，他只能这样也乐于这样，坐在那里一边织一边直播一边一支两支卖他的香烟。他现在的收入也不错，事实证明他把卖烟的地方选在电影院门前是对了，看电影的人们，在进电影院之前差不多都会抓紧时间过来抽那么一两支，电影散了场，人们从电影院里一出来，又都会急匆匆赶过来再抽那么一两支过过瘾。所以他的生意好极了。

情人节到了，闪闪发光充满欲望的情人节到了。

因为过了情人节马上就是元宵节，电影院对面的群众文化馆也热闹开了，元宵节要闹元宵，闹元宵就要扭秧歌，所以要把人集中起来排练，怎么走，怎么跳，怎么扭，整天地练，锣鼓喧天地练，每人每天还能得到五十块钱的补助,其实不少人是抱着减肥和打发时间的念头来这里玩儿的。会扭秧歌的这些人一般都上了岁数,描了眉,抹了红嘴唇,穿红着绿,两手各拿一把红绿扇子,这么一翻,那么一翻,想着法儿地让自己无比妖娆,远看花花绿绿,近看却像是一群活妖精。

情人节来了,情人节不像是别的什么节,没什么大动静,好像这又不是什么节日,是半隐秘,半地下的,有那么点神秘兮兮,还好像有那么点见不得人。钟点房在这一天也都普遍降了价,花店也比平日热闹,玫瑰是单枝单枝地卖,星巴克也会热闹一阵子,推出了情侣咖啡和情侣份儿的蛋糕,也不过是两个心形的蛋糕,被一支巧克力做的箭洞穿着。而最热闹的地方还应该是电影院。电影院里边的黑咕隆咚,最适宜情人们的各种花枝招展和各种的胆大包天。

因为过情人节,电影院里安排了两个日场,上午一场下午一场,再加上一个夜场,这个夜场是通宵,一晚上不停地放片子,而且都是爱情片,观众看累了可以靠在那里睡一下,醒来了再迷迷瞪瞪接着看。放电影的当然是王桂英的男人,王桂英专门负责卖票把门,他们俩也真是够拼的,带了饭,一人一个大饭盒,米饭,红烧肉,还有那么几片绿菜叶子,还烧了两暖瓶开水,这整整的一天一夜他们根本就不能回家。电影院的事,其实也没什么好说,不过是收票把门倒片换片。因为是情人节,按理说来看电影的应该是成双成对,但今天却恰恰相反,竟然都是一个一个地往电影院里边走,手拉手的很少,勾肩搭背的也不多,一个一个地进去,找到座位坐下,副片演过,灯一黑,人们才会活动开,该做什么做什么,波澜起伏地抱在一起。电影院的习惯，正片放映之前是一定要放副片的，好让人们有个心理准备，都赶快坐好，放完副片，人们也差不多都坐好了，副片都是动画片，上边都是些漫画人物，宣传不要随地吐痰，宣传要注意火灾，宣传人人都要绿化，宣传计划生育，宣传怎么用避孕套，总之是上边让宣传什么他们就宣传什么，那些副片都是王桂英的男人亲自手绘的，王桂英的男人的正式工作其实是美工，专门画电影广告，那种很大的广告，现在早已经看不到这种手绘的电影广告了，人们不需要了。放副片之前，电影院里照例还要放音乐，音乐无一例外都是广东音乐，《步步高》《彩云追月》《采茶扑蝶》，都是十分欢快而又老掉牙的曲子。上年纪的人听了这种曲子一时会有不少感慨，年轻人听了这曲子只觉得鼓点和节奏都不对，很别扭。

　　王桂英此刻正坐在电影院的门口，人进得差不多了，她也该歇一歇了，如果可以，她想自己应该迷瞪一会儿，白天两场，晚上又是个通宵，不睡会儿不行，她想好了，要是犯困，她就靠着椅子迷瞪一会儿，但她现在不困。茶缸子里边的水有点凉了，凉就凉吧，她喝了几口水。又打开了手机，现在许多人都离不开手机，王桂英也一样，是一会儿也离不开，看一会儿，关上，才关上，又打开，打开，又关上。不像以前，在电影院门口把门找本书看看就行，把时间打发了就行。电影院把门这个工作其实是最烦人了，又不能把门锁上走人，有一年，有人这么做过，电影一开演，他就把门锁上去干别的事去了，结果电影院里边失了火，关于那一次失火，到现在都查不出是怎么回事，里边的人想跑跑不出来，结果死了二十多个人。据说烧死的人里边还有个年轻神父，关于这件事，在小城里还引起了不小的争论，争论的焦点是神父可以看电影吗？一部分人认为神父可以和普通人一样看电影，一部分人认为神父和和尚都不许看电影。人们还记着那天放的那部电影，是个印度片，主人公叫什么拉兹，电影的名字是《流浪者》，电影里的那首歌直到现在不少人还会"阿吧拉咕"地唱。出了那件事之后，电影院内部立下了铁打的规矩，那就是电影院把门的在放电影的时候一刻都不能离开，不许离开。

王桂英坐在那里看手机吃瓜子，对面群众文化馆还在锣鼓喧天地练扭秧歌，这倒让人不寂寞，其实让人不寂寞的是手机而不是对面的锣鼓声。手机真是个好东西，既可以和什么人说说话，又可以让人看到不少新鲜事，比如什么工地挖出了一条大蛇，光蛇尾巴尖儿就有三米长，比如什么地方发现了外星人，已经和当地的一个男人发生了关系，可能过几年会在不知道哪颗星星上生下人类的孩子，比如有一百零三岁的老太太靠拾破烂养活着她的残疾儿子为社会减轻着负担，还有没有手用脚吃饭的奇人，吃饭的整个过程像演杂技。反正是各种新鲜事手机上都有。就在女主任王桂英看手机的时候那个女人出现了，这是个年轻的女人，衣着很入时。一件米黄色的很厚很短的那种呢子上衣，下边的黑色裤子看上去也是高档货，问题是她手里拿着一把菜刀，这可真是十分的少见而且让人害怕。

王桂英被这个手里拿着菜刀突然出现的女人吓了一跳。

这个年轻女人要往电影院里冲，能看得出她是相当激动，脸色都变了。

王桂英站起身，她当然要把这个女人拦住，她不知道这个女人要做什么。但肯定不会有什么好事，刀这种东西一般来说和好事没什么联系。

这个女的就那么明晃晃提着把菜刀,要进电影院。

你不能带刀进去。王桂英很和气地对这个女的说。

气死我了。这个女的说。

那你也不能进,你带把刀算什么?

王桂英在心里有点怕,她怕弄不好这个女人会给自己来一下子,她又怕这个女人是个神经病。王桂英想问问这个女的出了什么事,王桂英说,你这样带把刀弄不好会被保安给弄起来。王桂英在一刹那间脑子转得很快,但她忘了今天是情人节,人一急就会忘掉许多事,她只想知道这个女人是不是遇到了什么事,所以才带着把刀来了,这可不是好玩儿的,一是也许她真会砍人,二是她也许是要吓唬吓唬谁,但这总不是什么好事,王桂英知道只要自己大声一喊,附近的保安和公安就会跑过来,但王桂英知道自己一喊也许就会被这个女人砍那么几刀。

你进去干啥?王桂英听见自己小声问这个女的。

进去砍了他。这个女的说。

谁?砍谁?王桂英不知道她要砍谁,她想知道是怎么回事。

这个女的也是乱了方寸,她说要砍她的男人,还有跟她男人在一起的那个骚货。砍了那个骚货!

王桂英还是没反应过来,脑子有点蒙了。

把他们两个都砍了,让他们过情人节!这个女的又说。

王桂英算是反应过来了,也想起这天是情人节了。心里也不那么害怕了,这种事,在电影院算不得什么稀奇事,发生过也不是一次两次，有家室的男人带上女朋友来看电影，被老婆发现打了过来，或者是有家室的女人约了另外的男朋友来电影院，被自己男人堵在电影院里大打出手，这种事太多了，但一般都是当事人进去找，找到了，把人拉出来恶吵一顿或者动手把对方抓个满脸花，很少见到手里提着把刀的女人。电影院这样的故事很多，电影院里边的故事还不仅仅是这些，还有更怕人的故事。据说有一年，一连好几个晚上，一到后半夜电影院里自己就演起电影来了，电影院里空空荡荡没有一个人，但人声不绝，放映机会不停地自动换片，还会自动倒片，但就是没有一个人，这可真是太吓人了。

我进去把他们砍了。这个女的又说。

那你就更不能进去了。王桂英对这个女的说，里边那么黑，你进去一时也找不到人，就是找到人，他们就那么好让你逮？里边那么黑，你还不是抓瞎？你从外边进去，你看不到他们，他们可是能看到你。

气死我了！这个女的说她不想活了，活着没意思！

你进去还不是抓瞎？又不能给你开灯照着让你找。王桂英又说。

这女的不说话了，看着王桂英。

你说是不是，你进去还不是抓瞎？王桂英又说。

这个拿着一把刀的女人也许觉得王桂英说得对。她往旁边走了走。王桂英紧跟在她后边，她想再劝她两句，回去吧，有什么事回家好好说。

我不回，我等他！让他们过情人节，什么情人节，流氓节！这个女的说。

我等他，等他们一出来我就劈了他们。这个女的说，让他们再过流氓节！

电影院门口现在没什么人，王桂英忙给这个女的从里边拿了一个凳子要她坐，电影才演了半场，离散场还早着呢。王桂英突然有主意了，她回到门口坐下，用手机给她男人发短信。她男人此刻正在上边放电影，一边放一边嗑瓜子喝茶。她通过短信把门口的事告诉了她的男人。发完了短信，做好了安排，王桂英的男人也马上回了短信。说他马上就下来，他不放心，他要和她对换一下，他下来把门，让他爱人王桂英上去继续放电影，他是个大男人，出点什么事也能抵挡得了。王桂英回了短信，说这就上去，上去前她会把那个西边的安全门打开，好让那两个人悄悄溜出去。那两个人真要是被在电影院里砍了，往后谁还敢再来电影院看电影。

王桂英工作的这个电影院，是坐南朝北，电影院的正门朝北，正对着群众文化馆。从正门进去，是一左一右两个门，单号座在左边，双号座在右边。再进去，当然是一排又一排的座位，正面呢，当然是挂幕布的舞台，电影院里边右手有一个门，是男女厕所，也就是东边，左手还有一个门，是安全门，朝西，平时锁着，散了电影才会开一下让人们从这里出去，安全门西边是一条大街。这条大街往南通向人民公园，往北通向火车站。往西又是一条大街，是这个小城最繁华的商业街，一家商店连着一家商店，街名还挺好听：永宁街，据说这地方原来有座很大的寺庙，名字就叫"永宁寺"，但现在这个寺庙早已荡然无存了。就在这个电影院西边的安全门门口，有一个两米来高的大石头狮子，还有一棵挂满了红布条的老槐树，那棵老槐树真是很粗，要三四个人才可以合抱过来。据说人们当年扩修马路，修到这棵老槐树的时候，有人看到了这棵老槐树在后半夜的时候忽然在街上乱跑，跑来跑去，跑来跑去，后来又回到了原来的地方，居然开口说话了，说，还是我这地方好，我什么地方都不去！而又有些人说，在街上跑来跑去的不是那棵老槐树而是那个石狮子。我什么地方都不去！有人说听见这个石狮子在大声说。

王桂英安排好了，知道自己男人接下来会怎么办了。王桂英又看了一下坐在那里的那个女的，然后进到里边去了，她去里边，直接就到了安全门那里把安全门的插销打开了。然后上了楼，把她的男人换了下来，让他男人下去把门，她在上边继续放电影。而且，她男人已经把那个字幕卡片写好了，她会把这个字幕打在银幕旁边的墙上。这个字幕卡是这样写的：

> 大家注意了，门外有一女子，手里拿着菜刀在找她老公，说她老公在陪情人看电影，请这位先生尽快从西边的安全门离开，不得延误。

王桂英希望自己男人下去的时候那个女人不见了，她不见了最好，但那个女的还在那里坐着。王桂英的男人又很快给王桂英发了一条短信，说这个女的原来是镶牙馆的，她男人就是那个镶牙哥。

原来王桂英的男人到那个镶牙馆镶过牙，一颗牙差不多花了一千多。

我透，是他女人。王桂英的男人在短信里说，钱挣多了就没什么好事！

离她远点，她手里有刀。王桂英发短信说。

其实这也太正常了。王桂英的男人忽然又在短信里这么说。

这条短信让王桂英突然很不高兴。

那你也去找个相好的！王桂英在短信后边加了几把刀，一刀一刀又一刀。

王桂英和她男人互相发短信的时候，他们并不知道电影院里边发生了什么事，王桂英在放映室里根本看不到下边观众席，王桂英她男人在电影院北边的正门那边当然也看不到西边安全门那里的情况。那个字幕一打出来，电影院里好一阵骚动，这会儿离电影散场差不多还有三分之一的时间，但不少观众已经从西门拥了出去。不是一个两个，而是一下子拥出许多人，这些人一出门就马上消失掉，他们没有成双成对，也没有勾肩搭背，他们好像谁跟谁都不认识，他们保持着距离，又好像谁都跟谁不相干，他们从电影院的西门一出来就马上消失了。好像是秋天里的落叶，被风一下子吹散了，被风一下子吹得无影无踪。

因为过了情人节马上就是元宵节，电影院正门对面的群众文化馆的院子里还在锣鼓喧天，那里边的人也不知道电影院这边发生了什么事，他们正随着鼓点扭得很高潮，一上一下地舞动着手里的红绿扇子，而且互相挤眉弄眼放出她们自认为很妖娆的妖娆……

蕾丝王珍珠

很少有人能够走进王珍珠的房间，好多年了，几乎就没有人进去过。

王珍珠很少和人们来往，住在这个小区的人都知道有这么个人存在，也仅仅如此，有时候，人们在院子里碰到了她，会彼此点点头，也仅仅如此。王珍珠已经三十五了，这个岁数的女人不算小了，是既不迷人也不会太让人讨厌的那种，也仅仅如此，人们记着前几年她还和一个男的经常出现在小区里，那个男人不丑也不帅，敦敦实实的，像个踢足球的，和她倒是很般配。现在却不见那个男的了，只剩下了她一个人，也仅仅如此。人们不太在意她，这可能跟她的性格有关系，她不怎么和人们来往，她好像也没有工作，她说话很低很慢很有礼貌，她喜欢穿各种带黑蕾丝边的衣服，人们知道的也就这么多。但有一天忽然出事了。

工人进去的时候被吓了一跳，被房间里的景象。

怎么说呢，房间里到处都堆满了各种的垃圾，人们都无法把脚迈进去，这间屋是这样，另一间屋也是这样，还有一间屋同样是这样，还有厨房和卫生间，地上都堆满了一两尺厚的垃圾，这些垃圾不知道待在屋子里有多长时间了，大多是塑料袋子，还有快餐盒子，或者是半个面包，或者是两个干巴苹果，都已经发了霉，或者是别的什么食物，比如地上有黑乎乎像手套的那么个东西，仔细一看，原来是烂香蕉，早就不能吃了，怎么说呢，屋子里的垃圾多到一层摞着一层，所以人们根本看不清到底都有些什么东西，人们要想进到这样的屋子里去，第一件事就是要想好怎么下脚，怎么把脚慢慢探进去，找到下边的地面而又不至于踩着什么。进到屋子里的人都会想这屋里的垃圾是怎么回事，这屋子的主人是怎么回事，问题是，房子在往下漏水，进到屋子里来的维修工是小区物业的人，一个瘦瘦的中年人，眼睛很大，可能是因为瘦眼睛才显得大，他很快就找到了水管漏水的地方，原来是厨房的一条水管破了，他很快把阀门关好，把该换的一个弯头给换了，这下好了，水不再漏了。问题是，水已经漏到了楼下，好在漏得不是那么厉害，只是不停地从楼下那户人家客厅的天花板上的灯里往出滴水，好在那盏灯没出什么事，比如说连电，闪几下火花就断了电，或者是爆炸，"啪"的一声灯泡爆裂，到处是玻璃碎片，楼下的主人是一个老太太，是个很善良的人，信佛的人一般都很善良，她的毛病只在于她几乎什么也听不到，你要想让她听到就必须把嘴对着她的耳朵大声说，像吵架那样才行，她或许才会听到一句半句。和她住在一起的女儿是个书法爱好者，而且日渐发胖，她每天都要写字，所以客厅的那张大桌子就成了写字的地方。上边放了不少纸，还有墨，当然还有笔筒什么的。过年的时候她给自己家写的对联现在还贴在门上，说不上好也说不上不好，有一联已经快要掉下来了，因为是对联，所以既不会有人把它撕下来，也不会有人把它重新再贴一贴。

那个工人，不停地打着喷嚏，修好水龙头就离开了，他觉得奇怪极了，他从来都没有见过哪一户人家里会到处堆满了垃圾。几乎每间屋子里都堆满了垃圾，而且那些垃圾都堆到人们的半腿高。要想在这样的屋子里走路就必须像在深水里蹚水一样蹚来蹚去。

你应该收拾一下了。工人说，仰起脸，一个喷嚏。

王珍珠什么话也没说，不说话。

找人来收拾也花不了多少钱。工人又仰起脸，又一个喷嚏。

王珍珠还是不说话，她在他身后把门轻轻关上了，轻轻地。

真是有病。小区的维修工站在走廊里自言自语又说了一声，抬起头对着光张了张嘴，这个喷嚏终于还是没有打出来，这让他很难受。

你们楼上的邻居是个病人。

那个维修工又下了楼，敲开了下边那户人家的门，他要看看楼下那家人的情况，还漏不漏水，还有没有什么问题。老太太的女儿不在，只有老太太在家。

老太太根本听不清他在说什么。

你们楼上住了一个病人。工人又说，是个病人。

老太太还是听不清他在说什么。

这下保证不会再漏了。

工人又仰起脸张了张嘴，还是没把那个喷嚏给打出来。

记者上门大约是一个月之后的事了，是两个记者，一男一女。但是他们无论怎么敲都敲不开王珍珠家的那扇门，他们都知道王珍珠就在里边，他们都听到了里边"唰啦唰啦"的动静，但王珍珠就是不开门。之后他们便进行了蹲守，他们在小区里蹲守，他们相信王珍珠肯定会出来走动，或者是去超市买点什么生活用品，或者是出来透透气。作为一个大活人，总不能老是在屋里待着，出去活动活动是必须要做的事情。他们终于等到了她。

这天王珍珠出来吃早餐了，脖子那地方一圈儿黑蕾丝，手腕儿那地方又是左右各一圈儿，裙子下摆那地方又是一圈儿。虽不漂亮，但很别致。

这个小区，最近大半年一直在搞小区改造，就是要把一栋一栋的楼都重新粉刷过，把楼顶的瓦也要都换一下，小区院子里的地面都已经做完了，旧的地砖全部揭掉，换上了新的地砖，但因为改造，过去长在小区里的老树有不少被连根刨了，据说要种上品种更好的树，即使这样，小区里的人们还都是很不高兴，只有到了这种时候他们才知道自己原来跟那些老树还是有感情的。小区的改造可以说是接近了尾声，这几天正在换楼顶的瓦片。王珍珠每天都可以从窗里看到那两个吊车，很大的吊车，慢慢慢慢转动着，把旧瓦从房顶上运下来，再把新瓦运上去。把和好的泥运上去，然后再往上运和好的水泥沙子。是一层泥，一层水泥沙子，一层瓦。王珍珠没事就站在窗口的窗帘后边看吊车，看那些从河北过来的民工，他们每天都会按时爬到楼顶上去，天真热，天天都是大太阳。他们每人拎着一个很大很大的塑料水瓶子，时不时地要喝一口。她真为他们担心，怕他们一下子站不牢会从上边掉下来。但他们一个一个都没事,他们在房顶上来去自如,天气真是热,也不知道他们热不热。因为长年劳作,他们的身型都特别好,特别结实,王珍珠特别注意到那个总是会从裤袋掏出个对讲机和吊车师傅说话的民工,这是一个年轻人,穿着一条迷彩裤,上边是一件白色的半袖T恤,因为站在楼顶上,风猎猎地吹着他,风让他的体型显得那么健壮好看,肩是肩腰是腰,该突出的地方都突出着,该凹的地方都凹着。

这些民工,早上也要到小区门口的小饭店吃早点。

王珍珠来吃早点了,她一圈儿黑一圈儿黑地坐在了那里,她用手捋捋她衣服的蕾丝领子,她会时不时捋一捋她的蕾丝领子,不让它们翘起来。

那些民工聚在门口,在"呼噜呼噜"吃面条,就着那盆黑乎乎的免费咸菜。

吃早点的时候,王珍珠会点包子或油条什么的,或者来碗豆腐脑或馄饨。

记者就在这时候来了,他们突然就坐在了王珍珠的面前。

他们只对王珍珠说他们什么事也没有,他们只是想看看,看看她的生活。因为他们记者的工作就是对一切都要有那么一点兴趣,或者还要给当事者那么一点帮助,如果对方需要的话。

太阳现在还不那么热,洒水车从外面街上过去了,湿漉漉的味儿。

有人在外面的那棵树下,把一条腿搭在了树干上,是在晨练,样子可真够难看的,又有一个人过来了,也一下子把腿搭在了树上。

找我做什么？王珍珠对这两个记者说。

当然，你如果有什么事需要我们帮忙就更好。男记者对王珍珠说。

也许是这句话打动了王珍珠，她答应了，这简直让人想不到。

只要不把你们吓着就行。王珍珠说。

那怎么会？男记者说。

其实我已经死了。王珍珠说。

您真幽默。女记者说。

真的。王珍珠说，我差不多已经死了有好几年了。

两个记者，一男一女，一时都不知道该说什么了，一般人听了这种话都不知道应该怎么把话往下接，问题是，很少有人说自己已经死了或者是我已经死了几年几年了。这算什么话？

然后，两个记者就跟着王珍珠来到了她的家。

吊车，在转着，把什么吊了起来，是一个铁皮斗，斗里是什么？

记者已经从小区的人们那里知道了王珍珠的情况，但门一打开，他们还是被吓了一跳，怎么会，屋子里怎么会有这么多垃圾？怎么会？天啊，怎么会？这是人住的屋子吗？这应该是垃圾箱，进到这样的屋子里就等于一头钻进了垃圾箱，屋子里还弥漫着一股发了霉的味道，那种让人很不舒服的味道。

请进请进。王珍珠说，已经把腿迈进去了。

那两个记者，真不知该怎么进到屋子里去。但他们还是跟着也进去了，先把脚探进去，踩到地面了，再把另一只脚慢慢跟着踏进去，又踩到地面了，如果踩不到地面他们会用脚把脚下的东西一下一下弄开，然后再迈下一步。他们站在了齐膝盖深的各种垃圾里。

接下来，他们想要把每个房间都参观一下。

请你们随便看。王珍珠说。

王珍珠说家里看上去虽然有点乱，但没老鼠。

许久没有收拾了啊。记者说。

跟你说我已经死了有好多年了。王珍珠说。

两个记者又互相看看，好在这不是晚上，好在外面那个吊车正在发出"隆隆"的起重声，正在把一斗水泥往房顶上吊送。两个民工在上边接着。

说到这个蕾丝王珍珠，小区里边的人，谁都说不清她是个正常人还是一个不正常的人，几年前，人们还经常见到她和男朋友在院子里出来进去，人们还都知道她居然和她的那个男朋友是同年同月同日同一个时辰生，因为王珍珠不知道把这事对多少人说过，这可太少见了，也太巧合了，一般人很难有这种巧合，因为这种巧合，王珍珠和她的男朋友就觉得自己和对方特别有缘。怎么就可以这么巧呢？这多少让他们都有些激动，然后他们就在一起了。和所有的情侣一样，他们一开始相约见面，然后是去吃点什么东西，星巴克、肯德基。然后是去什么地方玩儿，北戴河、避暑山庄，在外面玩儿的时候他们虽然住在一起却没什么实质性接触，因为据说宾馆的房间里到处都有摄像头，这让他们很是别扭。

他们的第一次，刻骨铭心的那个第一次，是在王珍珠的家里，那一年的夏天真是特别热，南方发了很大的洪水，汽车被大水冲得到处漂浮，电视里几乎天天都在报道这件事，那天他们先是提心吊胆地看了一会儿电视，然后开始洗澡，是王珍珠的男朋友先要洗，他刚刚踢过球，天气又实在是太热，他又走了很远的路才来到了王珍珠这里。他洗澡的时候王珍珠就轻手轻脚地进来了，然后是他们在一起洗，互相打浴液，互相抚摸，后来就一起躺在了那个浴盆里，抱在一起了，然后，该做什么都做了。

在后来的日子里，他们真是十分喜欢在浴盆里做那件事，在水里，他们觉得自己像鱼，挤着，抱着，摞着，水花四溅且波浪起伏，实在是太刺激了，水让他们像孩子一样，浴盆空间不大，所以又让他们亲密得不能再亲密。乃至他们后来一旦上了床，反而显得没一点意思。浴盆太好了。

后来他们就同居了，收拾了一下屋子，买了两盆花。

他们那一阵子形影不离，双出双进，有时候还打羽毛球。

小区南边的健身区有个秋千，人们常常还可以看见蕾丝王珍珠和她的男朋友坐在秋千上荡来荡去。后来人们还知道了王珍珠的男朋友是从外省过来的，小时候就出生在这个城市，一岁时跟着父亲离开了，因为他的父亲和他的母亲离异了，他随父亲去了重庆，所以说他可以算是个重庆人。他跟着父亲长大，后来有了继母，继母对他也很好。他的父亲和继母一直生活在重庆。但他知道了自己生在北方的这个著名的小城，他于是回来了，但这个城市的变化实在是太大了，他想找到他的出生地，那个叫做"七佛寺"的地方，那应该是个寺院，但那个七佛寺早就不在了，只存在着一个地名。

他虽然找不到他出生的地方，但他认识了王珍珠。

王珍珠那时候在星巴克做服务员，也就是给客人端端茶倒倒水，走过来，走过去。把蛋糕和咖啡送到客人那里，再把用过的杯子和盘子收走。她和她男朋友还有个十分相像的地方，那就是她从小就没了父亲，她母亲对她说她父亲死了，她一出生就死了，但她能隐隐约约感觉到母亲对父亲的仇恨。

这一天，有人对王珍珠的男朋友说话了，咦，那个服务员怎么有点像你？

店里的人也对王珍珠说过这种话，咦，那个常来的怎么有点像你？

就这样，他们的心里就都有了，但有了什么又说不清，说不清是好感还是别的什么，有一次王珍珠端着一个托盘从她的男朋友旁边走过，她没看到自己的鞋带开了。这样走下去会不小心踩着自己的鞋带，弄不好会把自己摔一个跟头。

你的鞋带开了。王珍珠的男朋友说，那时候他们还不能说是朋友。

接下来发生的事情就让王珍珠感动了，因为她手里端着托盘，她没法给自己系鞋带，结果是他替她弯下腰把鞋带系好了。

那之后很长的一段时间里。她只要一闭上眼睛，就好像总是看到一个画面，一个男人正蹲在那里给一个女的系鞋带。之后，他们便开始了说话，开始了约会。说来也真是奇怪，他们做什么都有共同的兴趣。比如，他们居然都喜欢蓝色，比如，他们还都是左撇子。

王珍珠的屋子里已经很长时间没有来过外人了，要说有人来过，那天的维修工算一个，再就是他们两个，男记者和女记者。

王珍珠带着记者在她的屋子里参观，也只能说是参观。

让两个记者想不到的是王珍珠还比较爱说话。其实王珍珠已经有好长时间没这么说过话了，她能和谁说话呢？她和电视机说话，和电视机里的人，其实电视里的人是在跟电视里边的人在说话，王珍珠只不过是插嘴，左插一句右插一句，是，怎么说呢，是别样的热闹。王珍珠几乎天天都要看的那台电视，怎么说呢，那台电视现在几乎被埋在了垃圾里，电视机的两边和上边都是快餐盒子和塑料袋子还有别的什么，这些垃圾先是在电视两边一层一层乱七八糟地摞起来，是越摞越高，然后是电视机上也被放上了各种塑料袋子和塑料盒子，这样一来呢，电视就给埋在了这些塑料垃圾里边，但这并不影响王珍珠看电视，电视对面就是一个双人沙发，沙发上的布面已经很破旧了，毛了，都看不出原来的颜色了，上边也都堆满了各种垃圾，但还是可以看出有一个可以坐人的地方，王珍珠平时就坐在那里，那地方有点塌陷，但正好让一个人坐在里边。

你平时看电视吗？记者问王珍珠。

看啊。王珍珠说，可惜现在看不到《动物世界》了。

《动物世界》真好看。记者说。

别的没意思，王珍珠说，我不看别的，别的不好看。

记者这时候注意到电视机旁边的那个茶几上有个啤酒瓶子。

你还喝啤酒？男记者说。

你听我解释一下。王珍珠说，伸出手，这是他的啤酒。

两个记者不知道这个他是谁，他们忽然觉得这也许很有意思。

我们没听懂，他是谁？记者说。

他死了。王珍珠很平静地说，但他没喝光他的啤酒。

两个记者的目光一下子都停留在那个啤酒瓶上，果然啤酒瓶里还有酒。

我把啤酒瓶盖给盖上了，打了蜡。王珍珠说所以啤酒瓶里的啤酒到现在还在。王珍珠把那个啤酒瓶拿了过来让记者看，啤酒的盖子上果然打了蜡。

他最喜欢啤酒了，他总是不停地喝。王珍珠又说，有时候就点花生米。

女记者看到茶几上有放花生米的袋子，里边还有几颗花生米。

王珍珠又把什么取了过来，是一个小碟子，小碟子被一层塑料布紧紧蒙住了，但还是可以看到里边也是几颗花生米，好像是发了霉，发绿了。

这都是他吃剩下的。王珍珠说，还是原模原样。

两个记者心里忽然有一阵感动，他们都不知道说什么好。

他喜欢一边喝啤酒一边吃花生米。王珍珠说。

泡澡的时候他也会喝。王珍珠说。

看电视的时候也会不停地喝。王珍珠说。

王珍珠说话的时候好像完全不管别人听与不听，她只管说她自己的。

我们有一个共同的朋友。王珍珠说，这个朋友会经常给我们寄他们新昌的那种小花生米，我们的这个朋友叫丁小祥，他们那里的那种小花生米真是不起眼，真是不好看，瘪瘪的，但真好吃。后来我不让他寄了。

我对他说我也死了,没人吃了,不要寄了。

你真幽默。男记者笑了一下,又说。

那他还寄不寄?女记者问。

寄,每年照样寄。王珍珠说。

王珍珠开始在电视机旁边找什么东西,她把堆在那里的塑料袋子和塑料盒子翻来翻去,终于找到一个袋子,她把那个袋子拎了起来:

这就是他给我们寄来的花生米,里边还有好几袋。

你怎么会对你的朋友说你也死了呢?男记者笑着说。你这不是活得好好儿的吗?你的蕾丝真漂亮,蕾丝跟你很配。

王珍珠用手摸了摸袖口的蕾丝,又摸了一下领口的,也笑了起来:

我已经死了,他一死我也就死了。

王珍珠把手里放小花生米的袋子放下了,是随手一丢。

这么多东西,你想找什么能找得到吗?男记者问。

在这儿。王珍珠一伸手,又把什么拿在了手中,是半袋榨菜。

这也是他吃剩下的。

王珍珠把那半袋榨菜举起来看了看,又随手一丢。

这都多少年了。王珍珠说,忽然又想起了什么,站起身去了另一间屋。

两个记者也跟着站起来,跟着她,在垃圾里蹚着走。

王珍珠在那间屋里说,可惜灯泡坏了。

我们看得到。男记者说。

他最喜欢黑猫了,我给你们看看他的黑猫。王珍珠已经又从里边出来了。

接下来,两个记者被吓着了。

王珍珠手里拿着一件东西,只能说是一件,是一个塑料袋,不小,真空了的,也就是说这个塑料袋里边的空气都被抽掉了,而里边,是一只猫,黑色的死猫,不小,四肢伸直了的,像是在睡觉。

啊呀!女记者几乎是尖叫了一声。

她看清楚了,那真是一只黑猫,只不过像是比一般猫瘦,伸着四肢,个头不小。闭着眼睛。王珍珠把它用两只手托着,像是想让谁把它接过去。女记者往后退了一步,这么一来,她差点被脚下的垃圾绊倒,男记者扶了她一把。

王珍珠又把手里托着的猫转向了男记者,好像是想让他接过去。

这又不可怕,它很乖。王珍珠说。

男记者也往后退了一下。

我也有点怕猫。男记者说。

他最喜欢这只黑猫了。王珍珠把真空塑料袋里的猫在胸前抱了一抱。

它十五岁了。王珍珠说。

什么?十五岁了?男记者吃了一惊。

它跟了他十五年,他去什么地方都带着它。王珍珠说,它去过新疆。

看样子,王珍珠想讲一讲这只猫的事。其实也没什么好讲。说它有一次丢了,离家半个月忽然又回来了。后来又丢了,但离家两个月又回来了,这多少有那么点传奇了。记者想听听王珍珠讲讲猫的事,也许有什么更离奇的事,离奇的事当然和它的主人分不开,但王珍珠又不讲了,她又把这只猫抱了回去。

我想那只猫已经干了。男记者小声说。

不会吧。女记者说自己刚才有点想吐了。

我看差不多会干。男记者说。

问题是密封了,怎么会干?女记者说。

对,密封了就不会干了。男记者说,比如密封的南京桂花鸭,可以放两三年。

不干才可怕。女记者说。

这时候王珍珠又从那间屋里出来了。

他太喜欢他这只黑猫了。王珍珠说。

他说过还想养一只。王珍珠一下一下从地上的垃圾里蹚过来。

你们不知道它有多么乖。王珍珠说。

记者接不上话了,他们不知道应该怎么说猫。

因为他喜欢猫我也就喜欢上猫了。王珍珠说,你们看看他,不少人都说我们两个长得很像。你们看像不像?

于是,记者便看到了王珍珠男朋友的照片,说是她男朋友的照片,其实是他们两个人的合影照。照片上的王珍珠比现在要年轻好多,她开心地笑着,从后边紧紧搂着她的男朋友。她的男朋友和她长得确实十分像,可以说太像了,也在照片里笑着。照片不大,放在一个花边塑料相框里,相框的周围是几朵小花儿,可以看得出这几朵小花是刚放上去的，还没枯萎，是几朵黄色的雏菊，小区里种了不少，这种花特别能开，会一直开到冬天到来的时候。小相框就放在电视旁边的那张小桌上，如果不是王珍珠要他们看，他们谁也不会注意桌上的垃圾里还会有这么个相框。旁边还有一只烟灰缸。烟灰缸里也放着几朵黄色的雏菊。

就在这个沙发上拍的，用手机架子我们自己拍的。王珍珠说。

记者看出来了，照片里的沙发，还有沙发后边的那幅油画风景，画上边画着海浪、乌云、轮船。

记者回头看了一下，看看沙发上方墙上画框里的海浪、乌云、轮船。

我们在北戴河买的。王珍珠指着墙上那幅风景油画。

那年我们去北戴河了。王珍珠说还有一个左旋螺，你们看不看？

要不要看一看？王珍珠又问了一句，她站起身，征求他们两个的意见。

什么是左旋螺？女记者还真不知道什么是左旋螺，她想看一看。

王珍珠比划了一下，说一般螺都是朝这边，左旋螺是朝这边。

朝这边还是朝那边？男记者比划着。

螺尾巴如果朝前，就朝这边，螺尾巴如果朝后就朝那边。王珍珠说。

螺尾巴朝这边，螺尾巴朝那边。男记者弄不清了，笑了起来。

一万个海螺里边也许只有一个左旋螺。王珍珠说。

一般螺都是朝这边，左旋螺是朝这边。王珍珠又比划了一下。

王珍珠这么一说他们就更想看了，也更弄不清了，这边那边，那边这边。

他们在地上的垃圾里蹚着走,跟在王珍珠的后边。"唰啦唰啦,唰啦唰啦",卧室在走廊最里边的右手,也就是南边。走廊最里边的墙上挂着一个比较大的镜框,里边又是王珍珠和她的男朋友的照片,两个人都光着脚,他们身后是碧蓝的海水,还有远处白白的海浪,他们当然是站在海边。

这是北戴河。王珍珠说。

我去过。男记者说,晚上还看到了一条蛇。

我也去过。女记者说。

卧室的门被王珍珠慢慢推开,一阵灰尘腾了起来,卧室里边的垃圾更多,门被推动的时候,里边地上的垃圾被推挤得堆了起来。然后又倒了下去。记者看到了床,床淹没在垃圾之中,床上也堆着各种衣物和垃圾,各种的鞋盒子,还有两个拉杆行李箱,其中的一个打开着,可以看到里边的一只鞋子。

这张床应该是很长时间没睡过人了。

你晚上就睡在这里吗?女记者问。

我睡在别处。王珍珠说。

王珍珠说现在已经不习惯一个人睡这么大的床了。

王珍珠一踮脚一踮脚地蹚过地上的垃圾来到了床的另一边,她用手在靠窗的那边床上摸,一摸两摸就把一个海螺摸到了手中。

我也没想到左旋螺会是这么漂亮。王珍珠说,把手里的螺递了过来。

这是一枚颜色苍白的螺,上边有虫子噬过的一道一道的痕迹,可见这个螺在海底待了有多少年，它也太苍白了，上边几乎没有一点海螺应该有的那种漂亮条纹，这也许才是左旋螺。

太漂亮了。女记者找不出别的什么话来了，其实她也觉得这个左旋螺不怎么漂亮，太一般了。

不能说是漂亮，男记者说应该说是古老，太古老了，首先是古老。

既古老又漂亮。王珍珠说，有点激动了。

左旋螺有什么用？男记者想换个话题。

海在里边，你听一下。王珍珠说。

怎么听？女记者说。

放在耳边你就可以听到海的声音。王珍珠说，自己以前也不知道，是她男朋友告诉她的，海螺里都是海的声音。

大海的声音，你听一下。

啊，天哪！女记者几乎是尖叫，她感觉到了，她又换了一个耳朵。

天哪！女记者又尖叫了一声。

男记者想说什么但没说，他想说几乎是所有的海螺都可以听到海浪的声音，但你可以说那是海浪的声音，也可以说那是空气回流的声音。随你怎么理解。

我现在已经不敢听了。王珍珠说。

为什么？女记者把左旋螺还给了她。

我现在听到的都是他的声音，里边都是他的声音。

他的声音？女记者看着王珍珠。

是，里边都是他的声音。王珍珠说，他的声音。

两个记者都不说话了，看着王珍珠，看着她转过身又朝床那边走去。

我好难过。女记者忽然小声对男记者说。

男记者没说话，他也觉得自己挺不好受。

王珍珠已经又一踮一踮地蹭着地上的垃圾把左旋螺放了回去，放在双人床靠窗的那边，卧室里的窗帘拉着，所以光线有点暗。别的屋里的窗帘也拉着，光线也都有点暗，因为拉着窗帘，这样一来，对面楼的人就看不到这边屋里的情况。

我不可能再在这个床上睡觉了。王珍珠说，用手拍了拍什么。

记者这才看到了床上还有一个很鼓的四方枕头，圆鼓鼓的方枕头，枕头上连着不少木棍，木棍上有不少线轴，线轴上边都是黑线。

那不应该是枕头，那是什么？男记者问，记者是喜欢提问的，什么他们都问。

王珍珠把那个鼓鼓的方枕头抱起来拍了一下，又把它放下来。

这是编蕾丝用的棉包，他以前在蕾丝厂做了五年，天天编蕾丝。王珍珠说，他是在加拿大学的编蕾丝技术，他整整在加拿大学了一年。

你说你男朋友是编蕾丝的？女记者说。

他都可以编一整条裙子！王珍珠说，他编过。

我以为蕾丝只有花边。男记者说。

怎么会只有花边？王珍珠说。

男人编蕾丝？女记者说。

对，好蕾丝都是男人编的。王珍珠说。

好裁缝也一般都是男人。男记者跟着说。

蕾丝是国外的,王珍珠说,但后来他不做了,因为蕾丝的出口业务停了,他们也就都没事了,但他没事还编,只给我一个人编。王珍珠又说。

他手真巧。王珍珠说,用手摸了摸袖口的蕾丝,又摸了一下领口的蕾丝,笑了一下,我已经死了,他一死我也就死了。

你别这样说。站在卧室门口,男记者转过身,说。

他又踢足球又编蕾丝。王珍珠说。

真好。男记者说。

他还喜欢他的猫,带着它去新疆。王珍珠又说。

真好。男记者说,心里很难受。

这时候女记者开始打喷嚏,打了一个,又打一个,过了一会儿又张开了嘴还想打。打喷嚏好像会传染,男记者跟着也打了一个。所以他们不能再待下去了。

时间也不早了,我们还有一个采访。男记者对王珍珠说。

好吧,王珍珠说,忽然又小声说,你们不想看看我现在晚上睡在哪里吗?

为什么不?男记者说。

咱们看看。女记者说。

王珍珠用手摸了摸袖口的蕾丝,又摸了一下领口的蕾丝。她把它们捋平,不让它们翘起来,刚才说话的时候那些蕾丝有些翘了,她一边用手捋着蕾丝一边走,在垃圾里一蹬一蹬地走,记者跟在她的后边。然后他们就来到了卫生间,卫生间紧挨着厨房,卫生间里也是垃圾,各种的垃圾,齐小腿深的垃圾。这个卫生间还不能算小,一进门是个洗漱台,洗漱台上是大大小小的各种瓶子还有一卷一卷的卫生纸。墙上是镜子,镜子很久没有擦了,乌乌的。洗漱台对面是一个白瓷的抽水马桶,抽水马桶往里过去一点点是那个澡盆,这是一个老式澡盆,不能算小,可以说还很宽大,老式的那种。

在一瞬间,两个记者都有些吃惊也马上明白了。

澡盆里是被子和褥子,还有乱放着的两件衣服,还有,压在衣服下的一个枕头。被子和褥子下边还有什么?还有什么?

我就睡在这里。王珍珠说。

只有在这儿我才能睡着。王珍珠又说。

怎么回事?男记者突然说,他看着王珍珠,不知道自己怎么会这么提问。

我也不知道自己是怎么回事,我只知道我也死了。王珍珠说。

不会!男记者说。

这时候王珍珠已经把一进卫生间门墙上的布帘拉开了,一下,一下,又一下,全部拉开,把墙上的那个布帘全部拉开。

天哪!女记者叫了一声。

布帘被拉开,男记者和女记者看到了墙上的蕾丝,每一片蕾丝都被绷在硬纸板上,都挂在墙上,整整一堵墙,上面挂满了各种形状的蕾丝,都是清一色的黑色蕾丝,各种宽宽窄窄的蕾丝,还有三角形和正方形的蕾丝,在这些蕾丝中,最醒目的还是那件蕾丝长裙,大翻的领,蕾丝的,宽大的下摆,蕾丝的,袖子,那种花朵袖,蕾丝的,一件完整的蕾丝长裙。

他给我编的,给我编的。王珍珠说,给我编的……

卫生间里有一个很小的狭长的窗户,从窗户里可以看到外边的吊车长臂正在慢慢移动,吊斗里不知装着什么,慢慢慢慢,慢慢慢慢移动着。

马乐克斯

这地方，早先根本就没什么建筑，都是庄稼地，一片连着一片的庄稼地，还有瓜地，还有一个厂子，人们都知道那个厂子叫齿轮厂，这个厂子生产齿轮吗？人们才不管它生产什么，只知道它叫齿轮厂。这个厂子刚刚兴建起来的时候连个围墙都没有，但厂子里有个大礼堂，在厂子的最南边，礼堂的门头上有漆成红色的硕大的五角星和镰刀锤头，有事没事这里总会放映一些烂得不能再烂的电影，那时候放电影是工会的事，就那么几个老片子，反过来倒过去地演，但远远近近的人还是会赶去看，我小时候也经常去看。大礼堂和厂子里的那几个大车间离很远，好像它们之间没什么关系，而且呢，大礼堂和车间之间也都是庄稼地，一块一块的庄稼地，高粱，玉米，谷子，黍子，高的矮的，间或还有山药，山药又叫土豆，在南方却又被叫做洋芋，我的贵州朋友曹永就这么叫，在我家里，要吃中午饭了，他说，我给你来个洋芋吧，我一时还没回过神来什么叫洋芋，他已经在那里切了，"嚓嚓嚓嚓，嚓嚓嚓嚓"，我过去一看，原来是山药。山药开紫色和白色的花,一到夏天就白白紫紫好不烂漫,庄稼地是寂静的,但蝴蝶在飞,还有蜜蜂,嗡嗡嘤嘤,是热闹而又寂寞。这地方还有一条河,河不宽。但你想游过去也不是那么容易,这里的地势是高高低低,到了秋天很好看,是红红紫紫层层叠叠,后来呢,庄稼不见了,厂房气势汹汹牛逼哄哄地出现了,再后来,厂房又都消失了,这里出现了一个小区,小区里的房子可真是漂亮,是一栋一栋的,而且高高低低,一色的红瓦顶红砖墙,让人看着很舒服。人们都把这个小区叫做"富人小区",因为住在这里的人都很有钱,穷人是住不到这里来的。而我的朋友马乐克斯居然也搬到这里来,他说他喜欢这里的格调,虽然他没多少钱。但你不能小瞧艺术家,艺术家虽然没有钱,但他们会把房子和院落收拾得更漂亮。马乐克斯就是这么一位艺术家,其实他最早是在剧团搞舞美,画布景,或者就是画道具。他和那个房地产商是朋友,所以他住进来了,他本来是个异数,出出进进开着一辆鸡蛋黄颜色的破车,那辆车破,但牌子可不破,居然叫做"毕加索",人们很快就发现了,在这个小区里最漂亮的房子就是他住的那一栋。因为房子和院子收拾得漂亮,人们到了后来觉着他开着那么一辆老破车也漂亮了起来,是,特别有风度,是,特别地与众不同。是,很快就有许多人学着他又都重新把房子装了一下,他们想努力向马乐克斯看齐,但这种事情也只能学个皮毛。如果细细学起来,还真是一件难事。比如栽什么树,种什么花,在什么地方摆一块太湖石,在太湖石旁边种什么,书带草还是芭蕉?城里护城河那边修新桥,工人们在工地上挖出一个汉白玉的桥栏杆柱头,上边也只是刻了一些云朵,一点也不好看,想不到被马乐克斯搬了回来,立在了门旁边，上边放了一盆虎耳草，好家伙，一下子就变得漂亮起来。马乐克斯这家伙，像是干什么都随随便便马马虎虎，但实际上他是特别用心，每一件东西，只要一经他的手，就像是即刻会放出光芒来。他买的那套房子是最靠西，紧挨着河，从后门出去就是河，河水终日无声地流淌着，湛绿深黑。马乐克斯修了这个小花园，河边的芦苇啊，水草啊，当然还有荷花就成了他这小花园的一部分，马乐克斯的朋友不是很多，人们经常能见到的是他自己在那里喝茶，在那里发呆，或是拿了那根红色的胶皮管子在那里浇花。有时候他还会下水游一下，晚上或早晨，人们总能看到他在水里，"噗噗"地吐着嘴里的水，白白的肚皮在水面上露着，在仰游，有时候游着游着不小心会把身上最重要的部件给露出来。或者就那么一丝不挂上岸了，马乐克斯人很瘦，但结实，所以看着就很性感，性感现在是个好事。但他的邻居有意见了，叼了根细烟来找他，眯着眼对马乐克斯说："你不能总是光着屁股在河里游，我老婆那天都看见了，这么做不好吧？"马乐克斯却嘻嘻笑着说：

"大晚上的，谁能看到什么，我自己想看都看不到。"

说到这靠河的房子，一开始，还没人想要，都说是夏天有蚊子，也许还会有蛇，但现在人们都想买靠河的房子却买不上了。马乐克斯把其中的两间打通了，做了工作室，他那工作室又像是茶室，人们来了可以喝茶，喝好了还可以买点茶回去，马乐克斯顺便还会卖些茶具。而那些茶具又都是他自己烧的，他有个烧瓷的电炉，每次烧几个，杯子，大盘子，大碗，样子都十分特殊，价格虽然贵，但喜欢的人却不少。因为全是靠手来捏，他做出来的杯子几乎没有重样。他还给人做人体雕塑，脱模的那种，手啊，脚啊，或者是身体的某个部位，只要人家喜欢要做他也给做，先用石膏倒模，然后再做成铜的，收费也不低，但人们喜欢，放在案头，明白那是自己身体的某一部分。马乐克斯的生活过得有声有色，除了工作，他还会定期出去旅行，尼泊尔或者是西藏。但大部分时间他总是待在自己的屋子里。有人来看他，他总是忙，但不管认识不认识，他都会留人家喝杯茶。有些人专门过来看房子的，想看看艺术家的屋子是怎么装，回去学着也这么装一下。就这个富人小区，名气一天比一天大与马乐克斯分不开。电视台要拍片，好几次都是借用马乐克斯的院子房子当背景。所以呢，人们就都知道了这个马乐克斯，中国人可以叫这样的名字吗？马乐克斯原来的名字是马卫东，"卫东"这两个字让他很难过，他觉得这个名字可真是难听死了，不能再难听。后来他就把名字改成了"马乐克斯"。

"操他妈的卫东，那叫什么名字！卫他妈什么东！"他自己说。

我对他说，你这名字改得好，但你还不如直接来个"马克思"。

"别鸡巴蛋了，我可不喜欢马克思！"马乐克斯笑着说，"我有个弟兄，是写小说的，想必你也知道，叫'马尔克斯'。"

杨遥，马乐克斯的好朋友，也是我的好朋友，听了这话就立马大笑，说，"你还有个弟弟叫'马不停蹄'，你还有个弟弟叫'马到成功'，你还有个弟弟叫'马上封侯'，你还有个弟弟叫'不停跑马'。"

马乐克斯就"哈哈哈哈"笑起来，把头朝后仰起，他很会吹烟圈，先吐一个大的烟圈，然后不停地再吐一串小烟圈，让那些小烟圈从大烟圈里陆续穿过。

马乐克斯的日子是快乐的,烧烧陶,画画画儿,游游泳,但他更多的时间是在收拾他的屋子和院子,这方面他的花样特别多。是,让人眼花缭乱。是,让人心生向往。但艺术这种事,向往归向往,要是让自己做却做不来,所以,这才叫艺术。马乐克斯有时候会在自己的庭院里晒太阳,脸上扣着他经常戴的那顶巴拿马草帽,人们以为他睡着了,一只珠颈斑鸠,头一点一点在他身周围走,忽然飞起来,又马上落下,头一点一点继续走。不知为什么,这个小区里珠颈斑鸠特别多。但马乐克斯更多的时候是约我去喝酒。从家里一直喝到饭店,几乎都是每次每人半斤。我跟他喝酒曾经出过一件大事,那可真是丢人,现在想想都要羞死我。

我第一次跟马乐克斯去那家饭店,进门的时候他拍了一下我。

"你干什么?"我说。

"白太阳饭店。"马乐克斯说,"白太阳比红太阳好听。"

那天接下来我可是喝多了,我们是喝了又喝,喝了又喝,后来我站起来要去卫生间的时候被马乐克斯一把拉住,"你去干什么?"

我有点晃,说去洗手间,"还能干啥?"

"我跟你打个赌。"马乐克斯说,"我看你就不敢在那个水池里来一下。"

我朝那边看,喷泉喷得并不高,软软地冲上去再落下来,没什么意思。

"问题是你根本就不敢。"马乐克斯看着我。

我说赌什么,我早就喜欢他那把象牙把子的刀了。"赌那把刀子是不是?"

"那没问题。"马乐克斯说,"你敢在那水池子里来一下就是你的了。"

我朝那边看看,那个水池就在一进门的地方,水池有一间房那么大,池里有假山,有喷泉,很装逼的样子,池子里还有鱼,池边就是客座,一张桌子接着一张,这时候客人几乎是满满的。那天我真是喝多了,简直是他妈的太不像话,我居然,啊,这都应该归罪于马乐克斯。我摇摇晃晃往过走的时候人们都还不知道我想要做什么,我摇摇晃晃走到池边,站定,人们还不知道我要做什么,人们其实也不注意我。后来的情形马上就不同了,因为假山旁边的人看到了也听到了,他们马上都明白我在做什么,"哗哗哗哗,哗哗哗哗",他们都停止了说话,都吃惊地朝我这边看,但又不敢认真看。池子里的日本锦鲤马上游过来了,他妈的,这些个肥猪样的鱼,蠢货,你挤我我挤你,这真是些蠢猪般的鱼。它们以为要开饭了,但它们马上又游开了,可见它们并不喜欢我尿液的味道。这时候有服务员出现了,很年轻的服务员,他站住,退了一下,又站住,但他根本就不敢过来,只远远站着看,再接着是饭店的保安出现了,但他们也在犹豫,两个保安在小声说话,好像是在开一个两个人的临时小会,碰一下头应该怎么对付我,然后再行动,但这时候我已经结束了,因为喝了大量的啤酒,我其实进行的时间可够长。但我还是结束了,也清醒了,忽然觉得很不对劲,真是不对劲,真他妈的不对劲,周围的人都在瞪着眼看我。

我头都不敢抬,就那么低着头回到了我们那张桌,点支烟,把烟直往鞋上喷,我想我是不是该换双鞋了,我的鞋有点旧了,跟你说男人最好不要穿旧鞋,男人穿一双旧鞋出现在人们面前,会让人们觉得这个男人很颓废。"怎么还能再坐下去呢?"我对自己说,欠欠身想马上就离开,但其实我还是又坐了一下,甚至还又喝了一瓶啤酒。所以说马乐克斯这家伙坏透了,出了我这一辈子最大的丑。马乐克斯可是高兴得不得了,拍着我的肩膀说你又不是第一个,那个谁,那个谁上次也往水池里来了那么一次。我知道那个谁是谁,是诗人老钟,我们大家的朋友,只不过现在他去了另一个世界。马乐克斯又拍着我的肩对我说你可办了件大事,给那些人开眼了,今天晚上还不知有多少女人会跟她们男人过不去。

"你知道为什么吗?"马乐克斯侧着脸,看着我。

"我不能喝了。"我说。

"因为她们终于见到什么是大啦!"马乐克斯一脸坏笑,这个坏家伙。

"我以后还来不来这家饭店?"我小声说。

"又没人拍照。"马乐克斯说这一点他能保证。

后来马乐克斯果然就把那把象牙把子的裁纸刀给了我,我其实也并不是有多么喜欢这种东西。后来我用它切水果。有一次我的女朋友可把我气坏了,她硬说那把刀的把子是塑料制品,我和她忍不住就吵了起来。我说这是马乐克斯送的,可能吗?我这么一说我的女朋友就不吱声了,她看着我,用那种眼光,好像有点不太相信。这你就知道人们是多么崇敬马乐克斯这个坏人。人们都在背后说马乐克斯是这个国家最最成功的艺术家,几乎是人人都说他不喜欢钱是因为他太有钱了。但实际上我知道马乐克斯根本就没钱。

"这真是他送你的吗?"我的女朋友举着那把象牙把子的刀,

问我。

"没什么可稀奇。"我说。

"问题这可是马乐克斯送的。"我的女朋友说。

"是他送的又怎么啦?"我说。

"他有没有象牙烟嘴?"我的女朋友说她父亲有个象牙烟嘴。

我说我不知道,我说我不关心这些事。这么说话的时候我觉得自己在生气。

"你一星期起码要去他家三四次你能不知道?"我的女朋友说。

"没这事。"我对女朋友说我不喜欢,"再说他后院还有条蛇。"

"你不是经常去吗?"我的女朋友说。

"谁说我经常去,我很少去。"我说,心里想,也许我和这个女朋友的关系只剩下床上那点事了,除此,我对她没一点兴趣。

其实,我真是喜欢马乐克斯的家,当然经常去,有时候晚上也会跟着他从他家后院跳进河里游泳,当然是裸泳,裸泳真是件让人舒服的事,只要蚊子不是那么多,所以有一阵子我总是去马乐克斯那里,有事没事总爱去,坐在他那里喝茶,看他画画儿什么的。有时候有人来买画,我会帮他把画从地下室一卷一卷给取上来。地下室里土可真多,每去一次我都会变得土头土脑,这可真不是什么好事。马乐克斯还总是想让我去找个漂亮的女孩儿来给他当模特。

"我到哪去找?"我说。

"现在的女孩要多开放有多开放,只要漂亮,你上去问就是。"马乐克斯说。

"算了吧。"我说,"当流氓可不是什么好事。"

"怎么跟流氓扯到一起,顶多也只是性。"马乐克斯说。

那次我在他家接电话,雨可真大,我从来都没见过那么大的雨,说话要用很大的劲才行。是我妹妹打过来的,我打完电话,他就问你妹妹怎么样。

我说什么意思,"你说'怎么样'是什么意思?"

他就提出要看我妹妹的照片。我把照片从手机里找了出来。

"好家伙,"马乐克斯看过照片马上说,"你信不信我会勾引她上床。"

我嘴里只"唔"了一声,因为我想不出要说什么了。

"你信不信?"他又说。

"你别瞎扯。"我说。

"问题是这么一来你就会是我孩子的舅舅了。"马乐克斯又说。

我一时语塞,又不知说什么,我这个人一到这种时候就总是找不出话。

"妈个逼——日!"我说。

"你别把性看得太重,人这种动物,只要喜欢就接受,如果不喜欢就什么都别接受。马乐克斯说,"跟你说你妹妹可真是招人喜欢。"

"你打住。"我说。

因为下雨,妹妹隔了没一会儿又打来电话问我回不回家,还说开车过那个8号桥的时候要小心,"桥给淹了。"妹妹在电话里大声说。

我打电话的时候,马乐克斯一直在旁边听。

"你介绍我认识一下你妹妹可以吗?"我打完电话,马乐克斯又对我说。

"算了吧，"我说，"还有你这种人。"我好像是生气了，但其实那会儿我已经在心里想我妹妹嫁给他其实挺好的。像马乐克斯这样的人毕竟很少见。但我嘴向来都很硬。

我对马乐克斯说，"再说你小心！"

其实我也不知道我让马乐克斯小心什么。

"再说你小心。"我又说了一句。

"再说你小心。"我又说了一句。

马乐克斯进厨房去切西瓜了，我跟他进去。地板很脏。

"再说你小心。"我靠在那里，看着他"卟哧"一下，"卟哧"一下。

"下这么大雨，别走了，拿着，这块儿大。"马乐克斯说。

我吃着瓜，也不知道自己又说了句什么。

晚上睡觉的时候，雨还在下，我们并排躺着，当然脱光了。

马乐克斯说，"你妹妹长得可真像你。"

这时候就又打了一个雷，真他妈响。我们就又坐起来抽烟。

"娶我妹妹你得花多少钱。"我对马乐克斯说我妹妹可是个花钱好手。

"我没多少钱，但我不稀罕钱。"马乐克斯对我说。

"还有不稀罕钱的。"我说我可是太需要钱了。

"钱从来都打不动我。"马乐克斯说。

我说我最喜欢被钱打动了，问题是只有到了我手里的钱才能打动我。

"我不会为钱所动。"马乐克斯又说。

"我不相信。"我说。

"我真不会为钱所动,问题是艺术跟钱根本就没什么关系。"马乐克斯说。

但只过了不久,让我十分开心的是,马乐克斯被钱搞蒙了。那天,我瞟了他一眼又瞟他一眼。感觉到他在激动地粗声喘气。那个家伙,那个肥猪大胖子,不知从哪来的,忽然就出现了,可真是胖,就坐在那里,脸上像是没什么表情,也许胖到不会有表情了,胖人都这样。跟这个大胖子一起过来的那个人站在大胖子的背后,双手各拎了一个不小的黑提箱,就那么一直拎着,也不嫌累,也不放手,脸上也没什么表情。这是件很突然的事,谁也不知道怎么就发生了,这样的两个人突然就出现了。问题是我和马乐克斯谁都不知道这两个人是从什么地方冒出来的,他们敲了敲门就进来了,怎么回事?没一点点前提,我都蒙了。那天可真够热,外面的知了叫得"噼里啪啦"。当时我正和马乐克斯坐在那里鼓捣茶。

听见有人敲门,马乐克斯就对我说:
"这回你去,肯定是收电费的来了。"
"你怎么不去?"我说。
"你看我手上的泡,你怎么没泡?光我使劲。"马乐克斯说。
我趴在猫眼上朝外看看,黑乎乎的。我把门一拉。

那个大胖子一下子就撞进来了,操他个妈的,我赶紧往后退了一步,又退了一步,好家伙,他块头可真够大,差点撞着我,我可是从来都没见过这么大的块头。他一从外边进来屋子里先就一黑,然后他就冲沙发那边走了过去。

"你找谁?"马乐克斯对这个大胖子说。

"都搬进来。"大胖子却回头对跟着他的那个人说。

跟在大胖子身后的那个人把手里的黑提箱放了一下,也只这一下,从他进门开始,那两个黑提箱几乎一直在他的手里紧紧拎着,他放的那一下,也是为了搬东西,出去了一下,马上把两箱水果搬了进来,他又出去了一下,又是两箱,再出去一次,这次是一个很大的花篮。我知道这两天有水果吃了,那是一箱樱桃,一箱桑葚,还有西番莲和水蜜桃,花篮可真阔绰,各种花都有些,但最多的是百合花,百合可真够香的,我以前不怎么喜欢百合的那种香气,因为我的前女友喜欢而且我们在一起做爱的时候就闻着百合花的香气,所以我现在一直都很喜欢百合的那种味道,我想我完啦,一闻到百合的香味就会冲动,不管什么场合。

"你们找谁?"马乐克斯又问了一句。

"你坐下。"大胖子伸着一个手指对马乐克斯说,朝马乐克斯走过来了,有点喘,马乐克斯不得不侧身让了一下,大胖子就径直坐在了那张双人沙发上,"轰"的一声,大胖子一坐下来,双人沙发立马好像变成了单人沙发,屋里的形势也好像跟着变了。好像主人不再是马乐克斯而是这个大胖子。

马乐克斯就只好坐在旁边的单人沙发上。

"你是谁?"马乐克斯问大胖子。

"我看看你的屋子。"大胖子又站了起来,说你要带我好好看看。

"看屋子?"马乐克斯仰着脸看大胖子,没法儿不马上也跟着站起来。我想也许是那些水果和花篮起了作用,操!

"你带我看看。"大胖子摆了一下手,好像他现在已经是马乐克斯的上级。

"你要看屋子?"马乐克斯可真是蒙了。

"对,看屋子。"大胖子说。

"看屋子做什么?"马乐克斯说了一句。

"看屋子。"大胖子说。

我想马乐克斯已经被大胖子的气势镇住了。

"咱们先看屋子。"大胖子又说。

"是不是又要拍什么片子?"马乐克斯说。

"我不拍片子。"大胖子说。

马乐克斯只好带着大胖子开始参观自己的屋子,我能从马乐克斯说话的声音和走路的样子感觉到他已经蒙了。别说他,我都有点蒙。马乐克斯带着肥猪大胖子从客厅往里边走的时候,首先一眼看到的就是那个从地顶到天花板的大书架,书架上边摆了许多艺术品,许多人把这种东西叫做古董。马乐克斯很喜欢这种东西,他到处搜罗这种东西。

"这是什么?"大胖子指了一下那个米黄色的瓷像,这个瓷像可真是有点怕人,张着双臂,好像要朝谁扑过来。

"古董,"马乐克斯说,"很少有的古董。"

"不许动,就放这里。"大胖子真是语出惊人,还挥了一下手。

再往里边走的时候大胖子又看到了那幅书法。

"这是什么?"大胖子指了指。

"冯其庸先生的书法。"马乐克斯说,声音好像都小了。

"好不好?"大胖子回头看马乐克斯,并不看那张书法。

"当然好!"马乐克斯突然好像是受了刺激,说。

"不许动,就挂这里。"大胖子说。

这真够让人头蒙的,我看看马乐克斯。

从厅里转进另一间屋子,这间屋里挂着画家杨春华的一张仕女图。大胖子先说了一声好,然后才对马乐克斯说,"这张画好不好?"

"当然好,她是我的朋友,不好我会挂在这里吗?"马乐克斯明显不高兴了。

"不错,品位很高。"大胖子说。

我可以看得出马乐克斯拿这个从天而降的大胖子没有一点点办法,他真是蒙了。这么个大胖子,不知从什么地方一下子出现了,进来就要参观,而且买了那么多的水果,这简直就让马乐克斯无法发作,不能生气,而且大胖子明显马上就主宰了形势,好像他是这房子的主人了,这真是一件让人没办法的事,问题是,他身后还跟着那么一个人,紧跟在大胖子后边,好像随时要搀扶一下大胖子,如果大胖子不小心会摔一跤的话,我想他会马上把大胖子支住,他好像就是干这种事的,但我想他也没办法扶大胖子,因为从一进门他就两手各拎着一个黑色提箱一直不松手,那提箱可不小,可以说很大。

"这个也不许动,就挂在这里。"大胖子问完了杨春华的画,马上又接着来了这么一句。好像有人要把画摘下来一样,但即使有人要把画摘下来也轮不到他说这话。

我看着马乐克斯,觉得马乐克斯眉眼不对了,看样子要发作了。

"你的房子我早就听人们说了,电视里都演过了。"大胖子又说。

这时候大胖子已经在上楼了,而且他走在前头,一下,一下,又一下,每上一下楼梯都好像在响,其实是没一点点响声。马乐克斯的木楼梯上摆了不少东西,比如佛像什么的。大胖子忽然对一尊小一米高的木佛产生了兴趣。

大胖子指着木佛回头问马乐克斯:"是不是老东西?"

"这是佛像,当然是老东西。"马乐克斯说,我能听出来马乐克斯就要发作了,因为他的口气我太熟悉了,马乐克斯的这句话如果全说出来会是这样,"他妈的,这是佛像,你怎么说话!"但马乐克斯没把话说出来。

"不许动,就放这里,放这里好。"这一次,大胖子是对紧跟他后边的那个人说了话,好像他是在安排他的家事。这真是岂有此理,这又不是他的家,这是马乐克斯的家。我看看马乐克斯,他肯定是彻底蒙了,或者要崩溃了。我想他从来都没遇到过这种事,他不知道自己的家里来了什么人出了什么事,而且接下来还会出什么事。紧跟大胖子的那个人手提着那两只大提箱增加了马乐克斯的这种不安和担忧。

"你把它放下好吗?"马乐克斯对那个人说,"这是我家,很安全。"

"不沉,让他提着。"大胖子回答了马乐克斯。

马乐克斯不再说话,想不出该说什么了。

"不错,品位很高。"大胖子又把这话说了一句,他看看这看看那。几乎是隔一会儿就把这句话重复一下,"不错,品位很高。""不错,品位很高。"

其实参观没用多长时间,也只是转了一遭,每个屋子都走到了,后来又去后边看了看,外面可真热,可以说大胖子只在太阳下露了一下头就又回到了屋里。他在前边走,一边用手抹额头上的汗。马乐克斯跟在后边,还有那个提着黑色提箱的人,当然还有我。我能听见大胖子一边走一边发出的"呼哧呼哧"的喘声。他走到沙发跟前了,用手扶了一下,咖啡色的皮沙发靠背马上便陷下去了一大块,然后他就坐下了,"轰"的一声。

这一回,大胖子算是客气了一下,他对马乐克斯说:

"我这身材也只能坐双人沙发。"

其实也没有人问大胖子什么,也没跟他说什么,大胖子自己又说了一句。"我二十多岁的时候才一百一十四斤。"然后他就尖声尖气地笑了起来,他的笑声可真是尖锐,像是在吹金属哨,他一边笑,身上的肉就跟着一边抖动。这么大的胖子发出这么尖厉的声音,这真是一件让人好笑的事。

马乐克斯看了我一眼,笑了一下。我也笑了一下。

"这根本就不好笑。"大胖子不笑了,他回头,让跟他一起来的那个人把箱子放下,"可以放下了。"

"你有什么事?"马乐克斯这才觉得应该知道这个大胖子前来参观是什么用意,或者,这个大胖子是自己的哪个好朋友的朋友,或者,他是哪个重要部门来的,来办什么事。马乐克斯看着大胖子,希望知道这些,到底是什么事,或者是出了什么事,怎么回事。

大胖子坐在沙发上,靠着,扭着粗脖子把屋子又扫视一圈,似乎很满意。最后,他的目光落在茶几上。马乐克斯以为大胖子想吃水果,没想到他拿起扇子说:"怎么有这破东西?"

马乐克斯说:"上面有王祥夫和金宇澄合写的字。"

"王祥夫我听过,是一个本地作家,可是金宇澄是谁?"大胖子问。

马乐克斯说:"他是一个上海作家。"

大胖子说:"他有名吗?"

马乐克斯不知道怎么解释,想了一下说:"他写了一本书叫《繁花》,写得可真好,香港导演王家卫正在把它拍成电影。"

大胖子点头说:"嗯,这把扇子得留下。"

马乐克斯眨着眼,似乎不知道怎么回答。

"不错,品位很高。"大胖子忽然又来了一句。

"你说你到底有什么事?"马乐克斯觉得自己好像心虚起来,是这种感觉。

"我要买你的房子。"完全没有过渡,大胖子突然说。

马乐克斯的样子像是被什么惊了一下。

"我买你这套房。"大胖子又说。

"我要这套房子。"大胖子说。

"这套房。"大胖子把一根圆滚滚的粗手指往桌上一戳。

"房子?什么房子?我又不卖房子。"马乐克斯把身子重重往后一靠,突然不高兴了,这太让人意外了,来了一个人,出口就说要把自己住的房子买下来。我觉得马乐克斯这回也许真要发作了,虽说马乐克斯一般不会发作,"谁说我要卖房,谁说的?"马乐克斯看着大胖子,心里弄不明白究竟出了什么事,是不是大胖子搞错了,自己在这里住得好好儿的怎么会卖房子。

"你弄错了吧?或者是你走错了地方?"马乐克斯说。

"没错,我要买你这套房子,你这房子太有名了。"大胖子说。

"我不卖房子。"马乐克斯说。

"太有名了,我喜欢有名。"大胖子说。

"那也得我卖才行。"马乐克斯说。

"钱我准备好了,我喜欢用现金,现金给人的感觉是真真实实。"大胖子说。

大胖子示意跟他一起来的那个人把两只黑提箱中的一只打开。那个人蹲下去,我听见有什么"刺啦"了一声,好像是那个人蹲下的时候不小心把裤子给撕裂了,但我马上明白其实是那个人在拉提箱的拉链。

"我早就注意上你这套房子了。"大胖子说,看着跟他来的那个人往开打提箱,又说,"我这个人做事向来不喜欢啰里啰唆。"大胖子要跟他来的那个人把黑提箱拿过来,放在沙发前边的茶几上。大胖子把放在茶几上的一本书拿起来。

"《捕蛇师》曹永著。"大胖子念了一下书名,说,"什么意思?是不是讲怎么逮蛇?还有这种书?我最怕蛇,我想没人不怕。"

"这是本小说,不是讲捕蛇的,这是一个作家写的一本小说。"我对大胖子说。

大胖子已经把书打开了,看到了上边的签名,忽然"哈哈哈哈"笑了起来,说,"字写得这么难看也能写小说吗?"

"这本书是我的,这本书不能给你。"我对他说。

大胖子把书放在一边了,又把烟灰缸挪了一下,他要跟他来的那个人把黑提箱放在茶几上,打开。这一来我和马乐克斯都大吃了一惊。黑提箱里满满都是钱，一捆一捆的现金，满满一箱。

"就这么定了，钱都在这里。"大胖子又说。

"谁说我卖房子？我没说过卖房子。"马乐克斯两眼放出光来。

"这是三百万。"大胖子说，看定了马乐克斯。

马乐克斯的眼神就更不对了，这算什么事，这太突然了，像是有谁在跟自己开玩笑，像是有谁马上就要把自己从这间屋子里赶出去了。

"我的房子。"马乐克斯说，这句话什么意思呢，妈的，简直是什么意思都没有。

"我要买，你这房子太有名了，电视都播了好几次。"大胖子说。

"给我来杯水。"马乐克斯对我说。

我起身去了厨房，我已经在心里算了一下，马乐克斯当年买这套房子花了二百万，这我知道，因为无论做什么事马乐克斯都喜欢要我跟着他。但装这套房子也花了不少钱，这包括家里的那些家具和电器，还不说那些"古董"，还有打理外边的院子，但三百万可能多了，或者可能是多出了好大一块。

我把水端了过来，顺便也给大胖子端了一杯。

"柠檬水。"我说。

"不错，品位很高。"大胖子把水喝了，又来了一句。

我看着马乐克斯，他只喝了几口，其实他不渴，或者是根本就没心思喝水，换了我也会没心思，我知道他这是不知所措，我看着他站起来去放音响的那地方给自己取了一盒烟，又走回来，给自己点了一支，他问肥猪大胖子来不来一根。我看得出来，马乐克斯此刻心里有了某种变化，要不他不会给大胖子递烟。以他的脾气，他要是生了气会直接把大胖子赶出去。大胖子说他不抽烟，马乐克斯就又问了一声那个紧跟在大胖子身后的人，那位也不抽。马乐克斯没忘了给我一支，但忘了给我火。我现在也开始喜欢这种牌子的香烟了，这种"南京"牌子的香烟马乐克斯买了一大堆，他喜欢这个牌子，这种牌子的烟马乐克斯喜欢一下子就买十多条，而且还喜欢把整条的烟都拆开，再把烟一盒一盒码在沙发后边音响的上边。马乐克斯吸烟很凶，有一次他刷完牙给我看他的牙根，可真够黑的。

"这是给你的。"大胖子开口了，指了下提箱。

大胖子一说话，跟他来的那个人就把提箱往马乐克斯这边推了一下。

"问题是谁说我卖房？"马乐克斯说。

"这套房我买了。"大胖子说。

"问题我不卖房。"马乐克斯说，没刚才那么激动了。

"在这个世界上就没有绝对的事。"大胖子身子往后仰，笑了起来，他笑的时候也只不过是脸上的肌肉朝两边撑，人要胖到一定时候一般来说就都不会笑了，只能把脸上的肌肉往两边横着撑，再撑，就撑到后脑勺去了。

"不错，有品位。"大胖子又环顾了一下，说。

马乐克斯看着大胖子，我知道他是在找话，但他不知道该怎么说。

"能不能把灯打开看看，我喜欢灯。"大胖子对跟他过来的人说，"你去把窗帘拉上，咱们看看打开灯怎么样。"他说这话的时候完全就像是在自己家里一样。

跟大胖子来的那个人走路几乎没有一点点声音，像是在飘，他一飘就飘到了窗那边，"嚓"的一声，屋里暗了一下。他再一飘，又飘到了落地大窗那边，又"嚓"的一声。屋里就更暗了。

马乐克斯不得不站了起来，他只能这样，他把灯开了，开了一个，又开了一个，顶灯，还有两个角落里的落地灯，还有紧靠书架那边的灯。

"不错。"大胖子说话了，"我就不喜欢红红绿绿，这个品位高。"

"问题是，我这房子……"马乐克斯把话说了一半。

马乐克斯虽然没把那半句话说出来，但我知道他要说什么，他要说的话也许是，"问题是我这房子也许不卖，也许你开的价……"

其实我真是不明白马乐克斯心里在想什么，但大胖子好像一下子就明白了。大胖子对跟他来的那个人挥了一下手。意思是，要那个人把另一个黑提箱也打开。那个黑提箱是被那个人提到沙发前边的桌上打开的，提箱里也是钱，但没那个提箱多，有多一半，或者是三分之二那么多，都码得整整齐齐，上边压了一件衣服。

"屋子里的什么东西你都不要动。我再给你一百万。"大胖子说。

我看见马乐克斯突然用左手把右手食指上戴的那个指环猛地一推。

"要原封不动，什么都不许动。"大胖子又说，"我要原汁原味。"

马乐克斯把指环又往里推了一下，那是个玻璃陨石指环。

"你把钱收下，这房子就是我的了。"大胖子说这个提箱里是一百万，和另一个箱里的钱加在一起是四百万，"这屋子里的东西你什么都不要动，我都买了，我就喜欢原封不动，包括院子里的那些东西，我要求你都不要动，都原封不动，我这个人就是喜欢现金，我给你现金，现金让人觉得真实，我都给你提来了。"

"烧陶炉。"

马乐克斯突然说起那个炉我可是要搬走的，你留着也没什么用。马乐克斯这么说话什么意思，什么意思，到底是什么意思，这说明他已经答应了。我把身子往前探，看了一下马乐克斯的脸，再看看提箱里的钱，其实我在一刹那间已经在心里算了一下，马乐克斯已经赚了，而且还赚得不少，这坏家伙，我在心里算了一下，马乐克斯这一下也许赚了一百多万还不止。

"不行。"马乐克斯说，"你让我什么东西都不动都留给你？那些东西便宜吗？那些古董，再说我去什么地方住？"马乐克斯说话的时候我看着大胖子，其实这时候我在心里已经喜欢上这个大胖子了，我从来都是喜欢干脆利落的人，我甚至在心里想，我妹妹要嫁人就嫁这样一个人好了，虽然他那么胖，是个胖肥猪，但谁知道他有多少钱。马乐克斯是艺术家，但艺术家的才华能和钱相比吗？

我蒙了，但马乐克斯比我都蒙，马乐克斯说，"我那些古董每一件都值很多钱，有几件每件都值几十万。"我看着马乐克斯，这种事我怎么没听他说过？我以前问他那些古董是不是很值钱，他总是说"都是些破烂，值什么钱。"

大胖子可能是太有钱了，他把手抬起来，好家伙，那么大一片手，那么厚，那么大，五个手指就是肉鼓鼓的五根哈尔滨肉肠。

"我再给你加，你一件一件算好了，我只要你什么都不动，我要原封不动。"大胖子说，站起来，原地转一圈，又环顾了一下，"我喜欢你的这种格调。"

"这还没算设计费。"马乐克斯说。

"我就喜欢原汁原味,东西都不许动。"大胖子说。

"那我去什么地方住?"马乐克斯说。

"这个我早就给你想好了,你不用担心。"大胖子又坐下来,"轰"的一声,他伸出一根手指摸了一下自己的鼻子,好家伙,他那是手指吗?简直就是一根哈尔滨红肠,那么粗,肉鼓鼓的。

"给你时间,你先找房,一年后再搬。"

马乐克斯好像是长出了一口气,他把手上的玻璃陨石指环从这个手上摘下来戴到另一个手上,又马上把这个玻璃陨石指环从另一个手上摘下来再戴到这个手上,这真是穷折腾,不过我妹妹要是真的嫁给他也挺好玩儿。

"你把这些都好好拍一下照。"大胖子想起了什么,说自己差点把这事给忘了,他对跟他来的那个人说,"都拍下来,拍得仔细一点。"那个人便开始从一个提包里往出拿照相机。好大的镜头,妈个逼,像个炮筒子,操他妈。

"我说卖了吗?"马乐克斯的声音完全没了底气。

"你难道不卖吗?"大胖子简直是居高临下到天上了,他这句话简直就是在云彩上朝下说的,如果有云彩的话,如果他能腾云驾雾的话,他那么胖。

"一年时间倒不算短。"马乐克斯说,"但我天天游泳,以后到哪去游泳?"

"我下边的几个宾馆都有游泳池,你随便去游。"大胖子说。

马乐克斯又给自己点了支烟，说，"也许我要去匈牙利了，我那边有房子。"

没人接马乐克斯的话，不知道该怎么接。

"匈牙利到处都是那种杨树。"大胖子说，"那种树最容易生虫子了，毛虫。"

"我那些古董也都要留给你吗？"马乐克斯对大胖子说。

"不错，你什么也不要动，到时候我给你付现金，我这人就喜欢现金交易。你算好，多少就多少，然后你慢慢找房子，给你一年的时间。"大胖子竖起一根指头，好家伙，他那根指头可真粗真胖，猪！

"一年。"大胖子又说。

那天下午，马乐克斯拉我去了银行，他那辆黄色毕加索可真够土的。

大胖子在他的车上坐着，他说他不下车了，他要他的手下去办。紧跟着大胖子的那个人走路可真轻巧，一飘，进了银行，一飘，进了贵宾室，马乐克斯跟着他，我当然也跟着，我当时的感觉是自己已经变成了马乐克斯的跟班。我和马乐克斯眼看着紧跟着大胖子的这个人把钱都存到了马乐克斯的户头。

"我们老板说了，其它手续可以慢慢办。"这个人干咳了一声，又说，"房子里的东西什么都别动。"

后来，我和马乐克斯到外边去吸烟。雨已经停了。

"妈的，没有这么买房的。"马乐克斯小声对我说。

"妈的，他妈的可是太有钱了。"马乐克斯小声对我说。

"妈的……"马乐克斯还想说什么，但他没说。

"这下你有钱了，换辆车吧。"我对马乐克斯说，用手指捅了他一下。

"操，再给我一根。"马乐克斯是真蒙了，蒙得只知道不停地抽烟，他接过烟，长长吸了一口，说，我可真舍不得我那房子，那地方，早先根本就没什么建筑，都是庄稼地，一片连着一片的庄稼地还有瓜地，还有一个厂子，人们都知道那个厂子叫齿轮厂，这个厂子生产齿轮吗？人们才不管它生产什么，只知道它叫齿轮厂。这个厂子刚刚兴建起来的时候连个围墙都没有，但厂子里有个大礼堂，在厂子的最南边，礼堂的门头上有漆成红色的硕大的五角星和镰刀斧头，有事没事这里总会放映一些烂得不能再烂的电影，那时候放电影是工会的事，就那么几个老片子，反过来倒过去地演，但远远近近的人还是会赶去看，我小时候也经常去看，操！

"操！说来说去，以前可真没有这么有钱的人！"马乐克斯又说。

"而且都是现金。"我说。

这时候天上的云都不见了，但我和马乐克斯说话的时候看到了一道半截子彩虹，就挂在天边，不下雨而有彩虹，他妈的，这个世界可真够烂的。我对马乐克斯说，你看你背后那半截子。马乐克斯说那有什么好看。

马乐克斯说，"晚上咱们去'白太阳'吃饭，叫上杨遥，杨遥现在酒喝得很好。"

"还有谁？"我说。

马乐克斯笑了，说，"还有你妹妹，我约了她。"

马乐克斯这么一说我就蒙了，我瞪着他，不知道这是一种开始还是一种结束。

"你约了她？你什么时候约了她？"我说。

"你约了她，你什么时候约了她？"我又说。

"她可是个花钱的好手。"我听见我自己说。

你不知道我是多么喜欢足球

朱兰朵离开的时候小声对齐伟说，"没事，这种情况也许每个男人都碰到过，下次就好了。"齐伟把朱兰朵送到门口，觉得自己像是有点虚弱，这只是一种感觉，其实他明白自己一点点都不虚弱。因为这是在宾馆，他没再往外送，他怕碰到熟人，所以只把她送到了门口，齐伟的房间正好对着那个电梯。朱兰朵再次从电梯里探出身子朝这边摆摆手小声说，"明天明天。"齐伟也朝朱兰朵摆摆手，"明天明天。"然后就忙把门关上了。齐伟回过身，看了看床上零乱的浴巾和被子，刚才他就和朱兰朵躺在这里，但他们什么也没做成。齐伟又给自己倒了一杯葡萄酒，拍拍脑门，觉得头疼好了点，齐伟已经把行李箱收拾好了，他是明天下午两点多的航班。齐伟又在手机上查了一下，确定明天的航班不是波音757，齐伟现在有点害怕坐飞机。齐伟的时间总是安排得很紧，他是昨天才到的，讲座是明天上午，上午讲完下午他就要回去了。昨天离开家的时候他发现不知道是什么人的车把窗外的花圃全轧坏了，齐伟前年种的白色月季几乎全完了。齐伟一直惦记着这件事,除了这件事,再就是这个朱兰朵,想不到自己居然没做成,怎么都硬不起来,朱兰朵说她爱人就是大名鼎鼎的奔腾队五号球员。这太让人兴奋了,朱兰朵的爱人居然是他喜欢的五号球员。不管怎么说,他一下子就不行了,他还从来没碰到过这种事。

早在这之前,齐伟就已经和这个叫朱兰朵的女人约好了,是这个朱兰朵先问的他,因为她看到了齐伟的讲座广告,想不到他会来到她的这个城市,她问他可不可以过来听听他的讲座。朱兰朵和齐伟在微信上聊了已经有好长时间了,够大半年了吧,他们总是聊去西藏的事,他们把每一个细节都想好了,包括路上要吃什么牌子的方便面。还有,如果天气突然冷起来他们最好钻在一个睡袋里睡觉。齐伟每当聊到各种细节的时候就特别兴奋,和一个女人上路去西藏,意味着什么?意味着一路可以那个,这简直就是一件美事,好像这就是他想去西藏的动力。

"我去听你的讲座行不行?"朱兰朵在电话里说。

"当然可以。"齐伟说我也好想见见你。

朱兰朵电话里的笑声挺好听,朱兰朵在电话里说到时候她会把买来的书都抱过来要齐伟签字。"好一大摞。"

"就怕你抱不动。"齐伟笑着说。

"你帮我抱。"朱兰朵说。

"那我连你一块都抱了。"齐伟说。

"好啊。"朱兰朵在电话里笑了起来,"你要把我抱到什么地方?"

"还会有什么地方?床上。"齐伟顺口就把这话说了出来。

"好啊。"朱兰朵可真是大方,"躺在床上说话才亲切。"

"到时候光说话行吗?"齐伟说。

"那还能做什么?"朱兰朵开始深入了。

"能做的可太多了,你说吧,咱们主要做什么?"齐伟说。

"咱们在床上抽烟。"朱兰朵笑着说。

"抽我又粗又长的雪茄吗?"齐伟笑着说,"我这根烟可真是好抽极了。"

这是前天的事,酒可真不是什么好东西,虽然是葡萄酒,也不能喝太多。齐伟的好朋友白建设告诉齐伟要多喝葡萄酒,多到什么量?多到一次要喝半瓶,两天喝一瓶,这样一来呢,该得的病就都不会得了,比如高血压啊,脑血管和心血管的病啊,没得的不会得,得了的会慢慢好起来,根本就不用吃药,这就是葡萄酒的好处。所以从半年前开始齐伟一直坚持喝红葡萄酒。每天半瓶,齐伟是晚上喝,喝完酒就基本不吃东西了,现在他也习惯了。有时候洗完澡齐伟会站在那个小秤上称一下体重,说实在的,不吃晚饭只喝葡萄酒还真好,齐伟现在的体重比以前轻了七斤多。那个小秤就放在卫生间里,秤旁边是一面可以照见全身的镜子。齐伟总是在镜子里把自己一览无余。"你虽然不是最好的,但你要做最好的。"齐伟总是对着镜子说这句话。说话的时候齐伟会把肚子吸口气收起来,这样一来,齐伟觉得自己的体形还真是好。都可以上场踢足球了。

"你太棒了!"齐伟对镜子里的自己说。

"你还可以再棒些。"齐伟对自己说。

"晚上只喝葡萄酒不错。"齐伟那天还在电话里对朱兰朵说。

"说实在的,"齐伟还对朱兰朵说,"我的体重因为喝葡萄酒降了许多，现在的体重你受得了，绝对受得了。"朱兰朵当然知道齐伟这话的意思，她在电话里笑了起来，停了一会儿，才说，"咱们说好了，我要过去听你的讲座。"齐伟说，"过来，过来，我待两夜一天，这两夜你最好都过来。"齐伟激动了，身上很紧。

朱兰朵还想说什么，但齐伟不说了，说再聊，把手机关了。

霍丽打着哈欠过来了，霍丽是齐伟的妻子。

霍丽在另一间屋里看电视，电视没一点意思，她不想看了。霍丽过去是篮球运动员，个子不低，身体很好。霍丽说她先去洗，她这么一说齐伟就明白了，齐伟和霍丽是一周三次，基本是周六周日各一次，另外一次不是周二就是周三四。说起霍丽的工作，齐伟前一阵子很是生气，霍丽原先在体育馆当教练，当然是教学员们打篮球，但后来她被另外一个人顶替了下来。霍丽只好去游泳馆，工作就变成了清洗游泳池，每天都要把游泳池里的脏东西往外打捞一次，夏天的时候还得把游泳池池壁上的绿苔除掉，那可是一件麻烦事。最近霍丽的心情还算好，因为她不会生育，而据说不会生育是因为当年打篮球造成的，也就是说，上边有了新规定，她这种情况可以按工伤算，为了这事，齐伟还陪着霍丽跑了一趟工会，去工会查了一下有关工伤的待遇。据说可以领到一笔钱，是一次性的。齐伟已经和霍丽说好了，他们要拿着这笔钱去一下泰国。但齐伟一说要看人妖霍丽就急了，霍丽用一个手指点着齐伟说，"不许，坚决不许。"

接下来，齐伟把衣服都脱了，上床，挨着霍丽，然后翻了一个身，齐伟说，"我是一个不幸的男人。"齐伟这么一说霍丽就觉得特别内疚，动作就慢了下来。"但我又很幸运。"齐伟忽然又睁开了眼睛，"现在要孩子太麻烦了，不要孩子倒挺好。"霍丽却说，下辈子说什么都不打篮球了。

这是昨天，而今天，齐伟想不到让自己碰到了这种尴尬事，朱兰朵来了，躺在自己身边了，自己却一下子就不行了，齐伟一听到朱兰朵的爱人是奔腾队的五号便马上不行了。这简直让人想不到。

齐伟觉得今晚自己有可能失眠，所以刚才他又吃了一粒安眠药。

齐伟快要睡着的时候，朱兰朵又来了电话。

"这是常有的事，没关系。"朱兰朵在电话里说。

"兰朵。"齐伟说。

"要叫朱兰朵。"朱兰朵在电话里小声说，"我这名字不能省略朱，如果没有朱字我这个名字就不好听了。"

"朱兰朵。"齐伟又说。

"没关系的。"朱兰朵又说。

齐伟忽然有点烦，他不想让她再说这件事了。

"以后还有机会。"齐伟说。

"没关系。"朱兰朵又说。

"也许明天就好了。"齐伟说可惜我是明天下午两点多的飞机。

朱兰朵在电话里没吭声，有好半天，这让齐伟很受不了。

"你在做什么？"齐伟说。

"有只蟑螂。"朱兰朵在电话里说，"蟑螂很讨厌。"

"酒才讨厌。"齐伟说，"不能再讨厌了，我其实不喜欢酒。"齐伟拿宾馆的那个刷子，很柔软的刷子，在自己肚子上刷来刷去，后来又刷到胸脯，刷到脸上，他觉得这样很舒服。齐伟很喜欢毛茸茸的东西，这会儿这样做，齐伟是不想让自己睡着，药劲好像已经上来了。

"吻我。"朱兰朵在电话里说。

"怎么吻？"齐伟说。

"通过手机吻，"朱兰朵在电话里说，"手机还能做别的。"

"酒是个讨厌的东西。"齐伟说。

"你真讨厌酒？"朱兰朵说。

"真讨厌，破坏我们的好事，我真想透你，想极了。"齐伟说。

"你不是不说了吗？"朱兰朵说，"你还讨厌什么，是不是讨厌我，所以那个就那个了？"

"不是，我是讨厌酒。"齐伟说，"酒可真不是好东西。"

"我告诉你，你抱两个枕头，用腿夹一个，用胳膊抱一个，你就这样睡。"朱兰朵在电话里说，"夹紧点，很舒服。"

"为什么？"齐伟说。

"你就当夹着我，这样你就能睡好了。"朱兰朵说。

"我考虑要戒酒了。"齐伟说。

"夹好了没。"朱兰朵说。

齐伟看了看床上的枕头，一个枕头在自己这边，还有一个掉床下了。"夹好了，"齐伟说，"我夹得很紧。"

"你用力夹，用两腿夹枕头。"朱兰朵说。

"我用力了。"齐伟心里说枕头不过是枕头。

"有感觉没？"朱兰朵说。

"有，还真有。"齐伟说。

"我也有了。"朱兰朵在电话里说。

齐伟突然哈哈哈哈笑了起来,他实在是忍不住了。

"你笑什么?"朱兰朵在电话里说。

"酒真讨厌。"齐伟说。

"我真想摸摸你。"朱兰朵有点喘息。

"你在做什么?"齐伟说。

"不做什么。"朱兰朵说。

"我睡不着,要不你过来,我现在肯定行,我能感觉得到。"齐伟说。

"又一个蟑螂。"朱兰朵说楼下那家人在装修房子,蟑螂都跑到楼上来了,以前就发生过一次这种事,真可怕。

"要不你现在过来,真行了。"齐伟说。

"太晚了。"朱兰朵说,"我要真出去的话恐怕要找个借口。"

"他在?"齐伟的心跳起来。

朱兰朵说他正在洗澡。

"他是不是天天都要洗一下?"齐伟说。

"踢足球嘛,天天一身臭汗。"朱兰朵说。

"他个子不太高吧?"齐伟其实这是瞎问,他知道他有多高,他甚至还知道一些他的别的事,因为他是他最喜欢的球员。

"你什么意思?"朱兰朵说。

"足球运动员个子一般都不太高,但他们都大。"齐伟笑起来。

"为什么?"朱兰朵说。

"在足球场上跑来跑去跑大了。"齐伟说。

朱兰朵就笑了起来。

"他大不大？"齐伟小声说。

朱兰朵说不知道，"我又没见过别人的。"

"你说得也对。"齐伟想想又说，"他晚上会不会裸睡？"

"你喜欢足球？"朱兰朵说。

"当然啦。"齐伟说，但没告诉朱兰朵自己最喜欢的球员就是奔腾队的五号，也就是她的男人，他脚下的功夫可是太好了，速度也让人吃惊。

"他那个做得好吗？"齐伟又问。

朱兰朵没回答齐伟的这个问题，而是笑了起来。

"笑什么？"齐伟说。

"他每天都要。"朱兰朵说。

齐伟一声惊呼，把身子侧了过来。

"你怎么啦？"朱兰朵说。

齐伟没有再说话。

马上就是第二天了，早上很凉快，外边的鸟在叫。

空气中有陌生的花香，宾馆大堂的白蝴蝶兰开得真好看。

宾馆里的早餐很丰富，有齐伟喜欢的煎培根还有丹麦臭奶酪，齐伟喜欢吃完饭再吃块儿臭奶酪，虽然这种奶酪挺咸还挺臭。

"讲座是一个半小时，再留半个小时和听众互动，然后是吃饭，然后是去机场，晚不了。"齐伟吃早餐的时候那个负责接待齐伟的人对齐伟把这话说了两次，"时间来得及，别急，这里离机场不远，只要事先把行李收拾好，到时候带到饭店大堂就行。"

吃完早餐，齐伟又回了一趟房间，漱了一下口，对着镜子看了看自己的脸，还算好。然后对着镜子穿衣服，齐伟给自己选了一件蓝条纹衬衣，这件衣服很衬他那件水洗黑运动衫，虽然是讲座，但齐伟还是穿了运动衫，这件运动衫很特殊，是前边短后边长，后边还有开口，可以撩起来。齐伟想起来了，那次还是在马原家，马原和他开玩笑，说这件衣服的好处在于干事方便，撩起来就可以。那次齐伟是在马原的九马路，那是个很好玩的地方，一进门的地方有一株三角梅开得真是如火如荼。齐伟换衣服的时候就想起了这事，齐伟对这件衣服很满意，这件衣服既让他显得年轻又让他显得很精神。如果去西藏，他也会穿这种衣服的。

这时朱兰朵的电话突然打了过来。

"我要给你个惊喜。"朱兰朵在电话里说。

"什么惊喜？"齐伟说。

"到时候你就知道了。"朱兰朵说。

"我这会儿好像又行了。"齐伟对着镜子用手捏了一下自己。

"别晚了。"朱兰朵说。

"我这就下去。"齐伟说。

"你说你又行了什么意思？"朱兰朵说。

"你说呢？"齐伟说。

"就是那个？"朱兰朵说。

"对，就是那个又行了。"齐伟笑着说。

"太不是时候了吧？"朱兰朵在电话里笑了。

"真不是时候。"齐伟说,"我希望咱们去西藏的时候也不要这样,这样我会受不了,一边走一边那样可不是什么好事。"

"一边走一边那样。"朱兰朵在电话里笑了。

"有人一边踢球一边还那样呢。"齐伟说。

"你怎么老是说足球?"朱兰朵说。

"我喜欢足球。"齐伟说。

"踢足球不好,总是一身臭汗。"朱兰朵说。

"他平时穿不穿短裤?"齐伟说。

"又问他,天热了大家都穿嘛。"朱兰朵说。

"你昨天,怎么样,和他做了没?"齐伟说。

"你说呢?"朱兰朵说。

"他踢比赛的时候会不会天天都做。"齐伟说。

"你问的都是些什么呀!"朱兰朵笑了起来。

讲座是在市图书中心,齐伟一上台,下边就马上安静了。

齐伟没来的时候那些人又是说又是笑,许多人在喝饮料。

齐伟坐下来,看了看四周,这真是一个很大的空间,如果坐满了,恐怕得上千人。坐人的台阶周围也不知道是怎么设计的都是书架,书架有二层楼那么高吧,也不见有个可以让人爬上去取书的梯子,人们怎么取放在那么高的架子上的书?也许那些书只是作为一种装饰物而存在?一定是这样的。不少人早就来了,都坐在那里,有多半场吧。齐伟注意到坐在后边的两个年轻人在用电脑,他们把笔记本电脑放在腿上,这让齐伟一时弄不清他们是记者或者是工作人员还是听众。为了讲座，齐伟还戴了手表，是霍丽在瑞士给他买的，是天梭牌子的，那种黑色的裸表，当然是机械的，齐伟特别喜欢这种表，喜欢看里边的机械运动。齐伟一般不怎么戴表，但做讲座他都会戴，齐伟准备开始他的讲座，他把表就放在眼睛能看到的地方，手机也放在那里，并排放在一起，手机开了震动。齐伟喝了一口矿泉水，用手动了一下那张纸，纸上是提纲，很简单的那种提纲，一二三四五六七，拉了七个问题。一个挨着一个往下讲就行。

"文学其实没什么好讲的。"齐伟的开场白是这么一句话。

"但我们今天要讲的还是文学，其实我更想讲旅游。"齐伟又说。

"或者是讲讲足球，和文学相比我更喜欢足球。"

这时前边第一排，又有人也拿出了笔记本，是个女的，笔记本打开，半个脸就被笔记本遮住了，笔记本把另外那半张脸照得很亮。齐伟怀疑她是在看电影，齐伟很想看看这张脸长什么样，但这张脸一直就没抬起来过。也许抬起来过，正好没让齐伟看到。

齐伟继续讲他要讲的，齐伟搞讲座基本不用看提纲。讲座这种事，往往是还没讲多少时间就到了。只要有趣，时间会过得很快。齐伟得时时把握住自己不要把某个话题放得太开，那样的话时间就会不够用了。齐伟讲了五个问题，不，讲了六个。时间过得很快，他看看放在桌子上的表，时间已经到了，还剩下半个小时，不能再讲了。已经到了要和下边的人互动的时间，齐伟又看了一下放在桌上的手表。说，"别光听我讲，我们见一次面也不容易，大家看看都有什么问题要问。"齐伟这么一说，那个坐在下边一直在打瞌睡的主持人马上站起身来，他知道时间到了，他一直在下边坐着，齐伟早注意到了，他一直在打瞌睡，用一本书遮着脸。

主持人从下边上来，这个主持人很年轻但有点胖，是那种恰好的胖，他上来先和齐伟握了一下手，因为他把身子凑过来，齐伟马上就闻到了一股酒味。还没到中午，早餐一般人是不会喝酒的，可能是昨晚的事，主持人肯定是昨晚喝了大酒。有些人有时候酒喝得太多了，身上的那种酒味会一直蔓延到第二天，一般人会以为酒味是从喝酒的人的嘴里出来的，其实是错了，酒味是从身上的每个毛孔出来的。有人去海南玩儿，喝得太多了就倒在草地上睡着了，等人们发现他的时候他还睡在草地上，让人感到害怕的是他身边盘了一条很大的眼镜蛇，那蛇也在昏睡，你可以想象它是怎么也昏睡过去的。齐伟忽然想到了这事，笑了一下。

主持人坐了下来，他居然又把齐伟的情况介绍了一下，其实这大可不必。主持人不但把齐伟又介绍了一下，还又要求大家再次鼓掌，噼里啪啦鼓完掌，然后就有人站起来开始提问。一般情况是，同时会有几个人争着提问，由主持人指定其中一个人站起来问。下边的工作人员就忙着把话筒递过去。因为事先讲好了，不管是谁，只要是提问就可以得到一本齐伟的签名书。齐伟来的时候一共签了十本。是他最近出的那本小说集《劳动妇女王桂花》，封面红红的很好看。所以提问的人很多，都抢着提问，其实是都想得到一本签名书。这可够那两个工作人员忙的，他们又要递话筒，又要把齐伟签过名的书送过去，所以是一会儿跑向东一会儿跑向西。因为昨天喝多了酒，齐伟的耳朵今天就有些不太好使，提问的人在下边讲的话他大多都听不清，他总是要主持人告诉他一下下边的人都说了些什么，然后再一一回答。

"都怪我昨天喝多了，喝太多了。"齐伟小声对主持人说。

"我也喝了。"主持人小声说，"不比你少。"

"我闻出来了。"齐伟说。

下边的人提问的时候并不妨碍齐伟和主持人小声交谈。

"中午再喝点。"主持人对齐伟说。

"我两点半的飞机。"齐伟说怕赶不上了，下次吧。

"明天再走，多待一天嘛，找人改签一下。"主持人说。

"不了。"齐伟说家里还有事。

齐伟看了看表，这时最后一个提问者站了起来，是右手最把边儿的那个位置。这个提问者一开口，光凭声音，齐伟马上就明白她是谁了。

齐伟听见自己在心里叫了一声，他把脸朝右边掉过去。

朱兰朵已经站了起来，伸着一只手在等话筒。朱兰朵穿了一身水洗的牛仔长裙，那种蓝真是很好看，让人觉得很清爽，她手腕上戴着一只老朱漆镯子，也很好看。

齐伟想起昨晚自己的事了，这让他觉得有点不自在。

齐伟朝那边看着，想努力听清朱兰朵在讲什么，但什么也听不清。

"我这耳朵今天真要命。"齐伟对主持人小声说。

"我听着呢。"主持人说。

齐伟的耳朵真是糟糕透了，虽然能听到朱兰朵在讲话但听不清朱兰朵在讲什么。昨天晚上的事，昨天晚上的事，男人们最丢脸的事让自己昨晚碰到了。齐伟真是有点不自在，问题是齐伟从来都没有碰到过这种事。这种事真是让一个男人丢脸，换了谁谁都不会若无其事。

朱兰朵在下边说了些什么，齐伟可以说是一句也没听清。

朱兰朵一讲完，主持人马上就笑了，这么一来，齐伟就更慌了。

"她说什么？"齐伟小声问主持人。

"我做了很长时间主持人，从来没见过这种提问人。"主持人说。

齐伟朝那边看看，可以看见朱兰朵还站着，牛仔裙，镯子，蓝和红。

主持人看了看齐伟，又笑了起来。

"你笑什么？"齐伟更慌了。

"她说，"主持人说，"她说她看了你不少文章，也喜欢你的文章，她知道你喜欢喝酒，所以，她今天想上台给你献一瓶自己做的凸轮。"

"什么是凸轮？"齐伟说。

"酒嘛，这地方的一种酒，很烈的酒，很好的酒。"主持人说，站了起来，又小声对齐伟说了一声，"马上要结束了，今天中午有好酒喝了。"

齐伟也跟着站起来，朱兰朵上台献酒来了。

朱兰朵不是一个人上的台，她的那瓶酒可真是太大了，是一个奇大无比的酒坛子，她临时让旁边的人帮一下忙帮她把酒坛子抬到台上来。朱兰朵和另外一个女人抬着酒上台的时候下边有人开始鼓掌，这种事毕竟不常见，有送鲜花的，但没见过有人送酒的。齐伟突然想，要是朱兰朵的那个五号能出现该有多好，帮她把酒从下边搬上来，那这坛酒就不是一般意义上的酒了。只是不知道朱兰朵的男人，那个奔腾五号能不能喝酒。齐伟站在那里光想这了，齐伟是太爱足球了。

这仿佛是一个捐赠仪式，又好像是在颁什么奖。齐伟看了一眼走过来的朱兰朵，想不到朱兰朵也正在看自己，这就让齐伟又想起昨晚的事来了，齐伟想把那坛酒接过来但他实在是没办法接那坛酒，那坛酒搞不好有二十多斤，圆溜溜那么一个坛子。后来还是主持人过来帮了一把，才把这个酒坛子放在了桌上，然后是拍照，齐伟和朱兰朵还有主持人还有那个帮朱兰朵把酒抬到台上来的老女人一起拍了照。然后主持人才宣布讲座到此结束。这边一宣布，下边马上就有人跑到前边来提出要和齐伟合拍张照片，齐伟的心里却想着朱兰朵，想把她拉过来，想把她介绍给主持人，告诉主持人这就是奔腾队五号球员的爱人。但想和齐伟合影拍照的人太多，一个挨着一个拍下来，齐伟再找朱兰朵，人已经不见了。

"人呢？"齐伟还问主持人。

"你找谁？"主持人说。

朋友们帮齐伟把那坛酒搬上了车，外面人很多很乱。

"中午喝掉它，这下可真够喝了。"齐伟说。

齐伟他们是从讲台旁边的这个门出来，车在大门口那边停着。人们朝车走过去，车启动后齐伟才突然看到了朱兰朵。

朱兰朵在图书中心的门口站着，头上不知什么时候多了顶帽子，大檐的，牛仔的，很好看。

齐伟想让车子停下来，但他闭着嘴没说话，车子向西开再向南，车子从朱兰朵的身旁开过。齐伟把脸掉了一下，往后看。朱兰朵不知什么时候又把墨镜戴上了，所以谁也看不出她正在看什么。

"什么是凸轮?"齐伟又想起这事了。

"是一种植物,泡了酒喝可以壮阳。"车上有人说。

"喝过这个酒,裤裆会突起一个大轮。"不知谁又嘻嘻哈哈说。

这时齐伟的手机上来了短信,是朱兰朵的。

"我看见你了。"朱兰朵说。

"中午一块儿吧?"齐伟马上把短信发过去。

"我过去敬两杯?"朱兰朵在微信上说。

"当然可以,你的酒你得多喝一点。"齐伟在微信上说。

"这是凸轮。"朱兰朵在微信上说。

"什么是凸轮?"齐伟问朱兰朵。

"喝了你就知道了。"朱兰朵说。

朱兰朵已经追了过来,车子本来就开得很慢,院子里车太多了。

朱兰朵已经跑了过来,其实她不必跑,快走几步就可以。

"我看见车里还有空座,我搭一下车好吗?"朱兰朵来到车边了,轻轻拍了两下车,车上的人已经替她把车门打开了,朱兰朵一猫腰坐了进来。

"齐老师的讲座好精彩。"朱兰朵一上车就在找话,又像是在向那些人做自我介绍,"我是齐老师的粉丝。"

主持人坐在前边副驾驶那里,回过头说,"齐老师的酒喝得要比讲座还好。"

"待会儿我建议我们大家共同干一杯,为了齐老师的讲座。"朱兰朵说。

"问题是齐老师还不知道什么是'凸轮'。"主持人在前边哈哈哈哈笑了起来。

"我可以带齐老师去看嘛。"朱兰朵说。

"看什么?"车上有人问。

"看种在地里的凸轮啊。"朱兰朵说。

"只请齐老师一个吗?"主持人回过头来看朱兰朵。

"今年从春天开始我还没有去过郊外呢。"朱兰朵说。

"说实话我不喜欢酒。"齐伟小声说,"我只喜欢足球。"

"我喜欢足球。"齐伟又说,大了一点声。

"我喜欢足球。"齐伟又说了一次。

"我最喜欢的是足球。"齐伟又说。

车上没人搭腔,他们互相看看,他们不知道齐伟为什么会忽然说起足球。

"看足球赛的时候也是我小说写得最顺手的时候。"齐伟又说。

车上的人还是都不说话,他们不知道齐伟怎么会突然说起足球,怪怪的,这几天世界杯还没开始。当然他们更不知道齐伟还有一种冲动,这种冲动就是他想把朱兰朵介绍给车上的人,告诉车上的人她就是奔腾队五号球员的爱人,而自己最喜欢的球员就是在德国队效力过五年的奔腾队五号。但齐伟没有说,他觉得自己不能说。但他觉得自己待会儿也许要管不住自己了,要大喝了。

齐伟看了一眼朱兰朵,把身子倾斜过去。

齐伟很想问一下朱兰朵待会儿喝不喝酒。

"齐老师你讲得真好。"朱兰朵捂了一下嘴,笑着说。

"这酒肯定好,他喝不喝?"齐伟小声问朱兰朵。

朱兰朵居然没听懂齐伟是在问谁能不能喝酒。

"我不知道一个人喝醉了还能不能踢足球。"齐伟说。

是朱兰朵陪着齐伟去的机场,齐伟喝多了,有点摇晃了,站不稳了。他先去宾馆那边退了房间,然后跟着朱兰朵打出租去了机场。朱兰朵只喝了一点点酒。她帮着齐伟把票改签了一下,改签到了明天下午最后的那一趟航班,也就是说齐伟要留下再住一个晚上。然后他们才又打出租车悄悄回到了城里,又找了一家宾馆,又开了房间。齐伟是喝多了,他和朱兰朵互相搂着进了房间,当朱兰朵把齐伟一把抱住的时候她听见齐伟在她耳边说:

"我不行了,真想不到你是他的爱人。"

"我喜爱足球。"齐伟又说。

"你怎么总是说足球?"朱兰朵说,松开了齐伟。

朱兰朵去沏了茶,她认为齐伟应该多喝点茶,这样酒会醒得快一点。他们一边喝茶一边说话,齐伟是喝多了,他不停地问朱兰朵爱人的事,问那个奔腾队五号球员的事,几乎在所有的球员里,在德国队能效过五年力的没有别人。问到最后朱兰朵都给问烦了,说你怎么光问他。

"你不知道我是多么喜欢他。"齐伟说。

"我喜欢他!"齐伟说。

"除了足球我还能喜欢什么?"齐伟站起来。

"不是他我是不会留下来的。"齐伟开始脱鞋脱衣服。

"他穿多大的鞋?"齐伟突然又说。

"你说谁?"朱兰朵说,"你怎么光问他的事?"

"他那个子,最多40的吧?"齐伟说。

"37的。"朱兰朵笑了起来,这可能谁都想不到。

"瞎说瞎说瞎说。"齐伟说。

齐伟一边说一边很快地脱衣服,他很快把衣服都脱光了,然后他去洗澡了。卫生间的水"哗哗哗哗"一直在流,流的时间不算短了,流的时间也许是太长了,等朱兰朵进到卫生间的时候她发现齐伟躺在地上,早已经睡着了……

狮子

怎么说呢,三年前,人们就相信那是一条狗,而且还都相信那是一条十分名贵的狗,要不罗非也不会养它。其实小峰那天不是去看狗,而是去看罗非新买来的摩托车,那辆进口摩托车可太不一般了,小峰还是头一次听说300万的摩托车,小峰简直就是给吓了一跳。

小峰对电话那头的罗非说,"你说什么? 300万?"

罗非说,"比这贵的摩托车还有,这有什么大惊小怪!"

小峰在电话里能听出罗非有些激动,罗非在电话里对小峰说,"你怎么不马上过来看看我的新摩托车?你马上过来。"

小峰说,"你那么多摩托车怎么还要买?而且,你平时又不开?"

罗非就在电话里说,"你知道不知道什么是爱好,就像有人喜欢表,你见过谁在胳膊上同时戴两块表,但有人一买就是几十块儿世界名表,这就是爱好。"

罗非这么一说小峰就不说话了。好半天小峰才说,"这是你们有钱人的玩儿法。"其实小峰原来是想说,"这是你们煤老板的玩儿法。"

但话到嘴边就变了。

"有钱是坏事吗?"罗非说。

小峰忙把话岔开,"你这次又买了辆什么牌子的?"

罗非在电话那头说了个牌子,但小峰根本就没听清,小峰对摩托车不感兴趣,他对车啊摩托车啊电脑啊高级手机啊从来都不怎么感兴趣,小峰的兴趣就是买书,所以家里就到处是书。

"马上过来,看看我的新摩托车。"罗非在电话里说。

小峰进罗非家的时候就看到了那条奇怪的狗,黄黄的一晃就跑了过来。这条狗很大,虽然大,但还是能看出它只是一条小狗,是一只与众不同的小狗。小峰在罗非这里经常能看到一些稀奇古怪的东西。比如身上同时长着男女生殖器的非洲木雕啊,白鳄鱼标本啊,纯黑的玳瑁标本啊,还有虎皮,还有整个的大象牙什么的。反正是什么东西贵什么东西就会出现在罗非这里。小峰和罗非是从小的朋友,小峰对罗非说,"你现在可真是太有钱了,有钱有时候也不是什么好事,你得小心,你家里不能让那些烂人随便出出进进。"罗非知道小峰说的烂人是指哪些人。罗非那一阵子特别热衷于户外活动,跟罗非经常待在一起的都是些有钱人,他们的钱都是从哪里来的?小峰知道罗非的那些朋友几乎都是搞煤的,现在人人都明白最能挣钱的就是搞煤,煤是黑的,金子是黄的,煤待在地下的时候是黑的,但一旦被煤老板从地下弄上来后它们就都变成了金子。罗非没上过几天学,这一点他不如小峰,小峰是金融专业,毕业后就去了银行。但他们是从小的好朋友,这一点真没的说。

在许多的日子里,怎么说呢,小峰总是和罗非待在一起,直到后来见到了罗非的那个女朋友，那天，罗非的女朋友还在，只不过她出去接电话了，罗非把身子凑过来，小声对小峰说，"她有了。"

小峰一时还没听懂，说，"什么有了，有什么？"

罗非说，"还能有什么，有孩子了。"

小峰说，"是你的？"

罗非就笑了，说，"当然是我的，别人的我会说吗？"

小峰说，"你怎么办？你老婆知道了怎么办？"小峰希望听到罗非让这个女朋友去做流产，虽然那有些残酷。但罗非很让小峰吃惊，罗非说他准备给他女朋友先买套房子，然后把她的母亲也接过来。

"买套房子什么都解决了。"罗非说。

"没这么简单吧？要是你老婆知道了呢？"小峰说。

"问题是个男孩儿，我儿子。"罗非说。

那天的话就说到这里，罗非的女朋友又从外边回来了，她接完了电话。她看看罗非，对小峰说，"我现在不能喝酒，我用茶敬你一下，因为你是罗非的好朋友。"

"她以前很能喝。"罗非看着小峰，笑着说，"只不过她现在暂时不能喝了，你也不问问她为什么不能喝。"

小峰就不知道该说什么了，他觉得自己有点尴尬，小峰站起来，对罗非说要去下洗手间。罗非掉过头朝身后吐了口唾沫。

"以后在我的面前不要说到'煤'这个字！"小峰听见罗非在自己身后突然来了这么一句，小峰回头看了一下，不知道罗非这句话是说给自己还是说给他的女朋友听。小峰回头看罗非的时候，罗非又冲他说了一句，"以后无论在什么场合都不要说到'煤'这个字！"因为罗非是看着小峰说的这句话。小峰就觉得罗非这句话是对自己说的。

"别对任何人说起我与煤的关系,我跟煤没关系。"罗非又说。

"你是说我吗?"小峰说。

"'煤老板'这三个字可太不好听了。"罗非说。

小峰去了卫生间,他在卫生间里待了很长时间,心里觉得很别扭,从卫生间出来,小峰直接就出了饭店,他是用手机告诉罗非自己走了。罗非在电话里停顿了一下,电话里一阵椅子响,小峰猜测罗非是从那个雅间里出来了。

小峰听见罗非在电话里说,"你是不是生气了?我其实是在对她说,是要告诉她。"

小峰说,"你要告诉她就直接告诉她,你别说话的时候看着我。"

"你看,你还真生气了。"罗非在电话里说,"我那句话真是对她说的,她总是喜欢跟她的朋友说我是搞煤的,说我是煤老板,我最不喜欢听这句话了。"

"那你就对她直说。"小峰说,"你跟她都有孩子了这话还不能直说吗?还至于对着我说。"小峰是真生气了。

那之后,小峰有好长时间没去罗非那里。直到听别的朋友说罗非在家里养了一头狮子,小峰这才明白那天看到的那只看上去很特殊的狗其实是只狮子。这简直是要把人吓一跳。小峰把这事告诉了自己的女朋友,说,"想不到罗非在家里养了一头狮子,你说把狮子养在家里会不会出事?"

"家里怎么会养狮子?"小峰的女朋友说不会有这种事吧。

小峰说,"我当时看那只狗就不太像狗,想不到居然是头狮子。"

"那怎么会？狮子就是狮子狗就是狗，那还能看不出来？"小峰的女朋友说。

"问题是小狮子嘛，当时罗非也没告诉我。"小峰说当时就觉得奇怪。

"我要你带我去看看。"小峰的女朋友笑着说，"看看家养狮子。"

"动物园里有。"小峰说，"在动物园看狮子还安全。"

话虽这么说，小峰还是带了女朋友去了罗非那里，其实小峰自己也想看看那只被罗非养在家里的狮子。

"问题是罗非从什么地方弄来的狮子？"小峰对自己的女朋友说，"狮子可不是藏獒，狮子也不是小狗熊，狮子也不是一只猩猩或别的什么，这些动物都可以在中国找到，而狮子的老家却在非洲。"小峰说，"这可不是一件简单的事，这只狮子到底是怎么来的？"

"也许是在动物园出生的小狮子，也许是马戏团？"小峰的女朋友说，"反正不可能是从非洲那边弄过来的，因为狮子肯定是不能上飞机，狮子的个头可太大了。"

小峰对女朋友说："你说得不对，不是个头大小的问题，是任何动物都不能上飞机。"

还是前几年，小峰带着西藏的那只猫想上飞机，但最终还是退了机票，因为机场有规定，任何动物都不得上飞机，不管是什么动物，更不管个头大还是个头小。

小峰带着女朋友去了罗非那里，那天，他们还在罗非那里吃了晚饭，那时候那只狮子还不能算大，虽然已经长出了一些鬃毛，但也只是在屋子里晃来晃去，黄乎乎的，这里闻闻那里闻闻，然后就静静地卧在一边，小峰和女朋友坐在那里吃饭的时候，那只小狮子忽然过来了，是一晃一晃地走到小峰的女朋友那里，把鼻子伸过来闻了一下小峰的女朋友，然后一跃，是一跃，也只能说是一跃，一跃就站立了起来并且把两只前爪放在了小峰女朋友的腿上。紧接着就是小峰女朋友的尖叫。

"下去下去。"罗非边对着小狮子挥挥手，一边对小峰的女朋友说，"其实你这么一尖叫也许就会刺激了它，它其实是喜欢你，我知道它是喜欢你，你看看它那样子，其实只是想跟你亲近亲近。"

这时候小狮子已经把它的两只前爪收了回去。那真是两只柔软的爪子。罗非过来，蹲下，把小狮子的爪子用手拉起来让小峰和小峰的女朋友看，小狮子爪子的掌部是深黑色的，爪子背部的毛是金黄色，而爪子尖又是粉红色的。

"再大一大，"罗非对小峰说，"我也许会带着它去野营，晚上就让它和我睡一个帐篷，也许我会带它去西藏。"

"去和西藏藏獒战斗，有好看的。"小峰笑着说。

"这可要比带一只藏獒出去牛逼得多。"罗非说。

这时候那只小狮子就又朝小峰的女朋友凑过去了，真不知道它想做什么。

"去去去。"罗非对那只小狮子挥挥手。

"来来来。"罗非又对那只小狮子摆摆手。

罗非站起身把那只小狮子往那间屋子里带的时候，小峰的女朋友对小峰说："你没问问狮子是从什么地方弄来的？"

"最起码不会是从非洲那边来的，又不能坐飞机。"小峰说。

小峰的话被罗非听到了,他把门拉上,掉过头朝身后吐了口唾沫,"你们全错了。"罗非说,"这只小狮子恰恰就是从非洲来的。"说这话的时候小狮子已经被关到了另一间屋子里,小峰和女朋友都能听到"喳喳喳喳,喳喳喳喳"的声音,是那只小狮子在用爪子抓门。

"它想出来。"罗非说,"它一想出来就抓门,让它抓去吧。"

"你喂它什么?"小峰说狮子肯定不会吃素食。

"牛肉,"罗非说它很喜欢吃牛肉,那种进口牛肉。

小峰听见女朋友"啊"了一声。

这时候那只小狮子又开始抓门了,"喳喳喳喳,喳喳喳喳。"

"牛肉用生鸡蛋拌一下,一次还要吃十颗鸡蛋。"罗非说。

"猫粮其实也可以给它吃。"小峰的女朋友说狮子也是猫科动物。

罗非忽然笑了起来,说,"你们猜猜这只小狮子最怕什么?"

小峰和女朋友当然说不上来这只小狮子害怕什么。

"我表演给你们看。"罗非就又站起身,把小狮子从那间屋里又放了出来,小狮子黄乎乎的一晃一晃又过来,但这次小狮子没再往小峰的女朋友身上跃,小狮子轻轻一跃上了沙发,看样子它不想再回到那间屋子。它兴奋得直摆尾巴。

"去,洗澡!"罗非忽然猛地一抬胳膊。

这次该轮到小峰和他的女朋友笑了,罗非一说"洗澡"这两个字,小狮子立马从沙发上跳下来,是逃,逃一样又回到了那间屋子。

"它就怕洗澡。"罗非说可能非洲的狮子就从来都不洗澡。

"问题是非洲人也很少洗澡,非洲缺水。"小峰说。

那天小峰他们吃饭吃到很晚,小峰和女朋友临离开罗非家的时候罗非说,"你们不想再看一下小狮子吗?"其实是到了罗非出去遛小狮子的时候了。罗非给小狮子戴上了脖套,拉好了,然后送小峰他们出来。出院子的时候,小峰回头看了一下站在院子里的罗非,印象是罗非牵了一条非常之大的狗站在那里,院子里的路灯把他和小狮子的影子拉得很长。

"你怎么不问问他狮子是怎么从非洲运回来的?"小峰的女朋友说,"这可不是一件简单的事。"

"我问了。"小峰看着女朋友,想起来了,刚才问这事的时候女朋友去了洗手间。"罗非说狮子是乘军用飞机和军火一起运回来的。"小峰忽然笑了起来,"罗非这家伙的话没一句是真的,他居然会说他这头狮子是军用飞机运回来的,和军火一起,跟你说他说话一点都不靠谱。靠谱的是他真的是挣了很多钱,他到底有多少钱可能谁都不知道。"

"那活佛又是怎么回事?"小峰的女朋友问小峰。

"这事我不知道。"小峰说我只知道他的狗都在吃进口牛肉。

"听说飞行员只吃牛肉。"小峰的女朋友说。

"现在超市一斤熟牛肉都六十多块钱了。"小峰说。

"我该去做做头发了。"小峰的女朋友说。

罗非养狮子的事后来朋友们几乎都知道了,不少人都去罗非那里看过狮子,但据说那只小狮子现在已大到让人害怕的地步,有时候连罗非都拉不住它,这就很让人担心,担心会出什么事,比如把家里的什么人咬了或者是从家里跑出去闹出什么事。但再到后来人们就对这件事没那么大兴趣了。但还是有许多关于罗非和他的狮子的事零零星星传来。罗非给小峰打电话要小峰去他的新居是最近的事，罗非说这可能是他在同城最后的一处新居，因为他很快就要去西藏了，那边有许多事情等着他去做。小峰已经从朋友那里听说罗非又搬了一次家，但小峰对这种事没什么兴趣。

"这次的房子更大，不但前边有院子后边还有个院子，地下室比你住的那套房都大。"罗非让小峰过来，非要让小峰过来看看房子。

"我们好长时间没见面了，来喝喝酒。"罗非说，然后才在电话里小声对小峰说，"也许这是咱们最后一次在内地见面，这次我去西藏也许一待就是十年。"

小峰其实对房子没什么兴趣，小峰想知道罗非去西藏的事，不少朋友都说西藏那边的一个寺院已经认定了罗非就是他们的活佛，这可真是怪事，而且多少还有那么点可笑。小峰主要还是想看看那头狮子，小峰想知道那头狮子现在长到多大了，有人说非洲的雄狮可以长到一吨，但小峰不相信一头狮子可以长到那么重，狮子又不是河马。

"狮子又不是河马。"小峰又笑了起来。

"问题是他要去当活佛。"小峰的女朋友说这也太玄了吧。

"是搞笑，他当然不会是活佛。"小峰说。说这话的时候小峰还和女朋友同居着，小峰已经和女朋友同居三年多了，但他们两个谁都没有结婚的想法。这天，小峰拉上女朋友去看罗非的新房，都快到吃中午饭的时间了，车一直朝东开，忽然迷了路，因为那地方到处在施工，居然有许多绿树横倒在路上，给人的感觉就好像是刚刚刮过台风。到了地方，小峰给罗非打电话，罗非说马上就让人出来接，罗非让小峰就站在那座小水泥桥边等。小峰说他就在桥边,结果是等错了,罗非让小峰去的是另一座桥。

"那座桥比你现在待的那座桥大,是吊桥,很高级的吊桥。"罗非在电话里又小声对小峰说,"他们现在都把那座桥叫做'活佛桥',过了桥就是我的家,要是实在找不到你就问'活佛桥'在什么地方,一问就找到了。"

小峰终于找到了那座吊桥,也就找到了罗非的家。罗非正站在门口,他身后还站着一个人,手里拎着什么,是雨伞,天又不下雨。

罗非对小峰说,"这么好找的地方你居然会找不到?"

小峰说,"谁知道你这地方这么多桥。"

罗非带小峰和小峰女朋友进了电梯,小峰知道私人家现在安电梯的并不多,电梯里贴着一张很大的唐卡,唐卡的颜色总是那么艳丽。

罗非说,"不管是谁,来我家最先要去的就是最高层。"

罗非说的最高层就是五层,五层并不是小峰想象的那样是个大客厅,而是个佛堂,里边点了几乎像是无数的酥油灯,佛像差不多都有两米高,这就让房子显得低了些。小峰和女朋友忽然有些不知所措,到了这种地方他们真不知道自己该做点什么,因为小峰和女朋友前不久才准备信仰天主。小峰看着罗非,希望他赶快带自己下去。

"这地方宗教味道太浓了。"小峰说。

"酥油的味道是好闻。"罗非却说。

"是好闻。"小峰的女朋友便笑了一下。

吃饭的时候,小峰和罗非之间发生了一点不愉快,全是因为喝了酒。罗非对小峰说,"我把钱都捐给西藏的那个寺院了。"罗非这么一说小峰就笑了起来。

罗非说,"你笑什么?"

小峰说,"我说了你会不高兴。"

罗非说,"你说吧,我跟你还有什么不高兴,你那事还是我教的,那年你我都才十三岁,你说。"

罗非笑了起来,但小峰一说罗非就不笑了。

小峰说,"钱没白捐,捐了个活佛出来。"

"不会说话就别说话。"罗非脸色马上就不好了,"好在没有别人。"

小峰想问问罗非他那个小儿子最近怎么样,还有那个女朋友,其实是不应该再把那个女人叫做是罗非的女朋友,准确说应该是二奶,但小峰没问。怕再问罗非会不高兴。

小峰问那头小狮子,这才是小峰想问的,"那头小狮子,不知道现在长多大了?"

罗非说,"还小狮子,站起来比我都高。"

罗非这么一说小峰觉得挺吓人的,小峰看看女朋友。

"太麻烦了。"罗非说你不知道狮子长大是怎么回事,它的问题是它太能叫了,叫声也太大太怕人了。只要它一叫,周围的人谁都别想睡觉。罗非站了起来,小峰以为他要去取什么东西,想不到罗非站起来学狮子叫。

"像打气,就这样。"罗非把头仰起来,往后背,"'吼——吼——吼——吼——''吼——吼——吼——吼——'"罗非学了两声,然后又坐下,说,"我算是知道什么是狮子吼了,真怕人,先是一声比一声长,然后是一声比一声短,只要它一叫,周围的人谁也别想睡。"

"有没有规律?"小峰说,"应该有规律吧?"

罗非想了想,说肯定是有规律,有规律晚上也不能叫,半夜三更地就叫起来,周围的人都提意见,声音可太大了。

"现在怎么样?"小峰说,左右看看,奇怪怎么没一点点动静,小峰知道狮子现在不可能再放在屋子里,但也应该有点动静啊,比如喘息,比如走动,比如叫。

"你把它关到哪里了?"小峰说。

"你听我说嘛。"罗非说养狮子可是太麻烦了,家里根本就不能养这种大型动物,后来实在是没法子了,我想把它交给动物园,动物园说没有出生证明不能要,我想白白给了马戏团,马戏团说都这么大了也不能接受训练了,勉强训练几天拉上台吃个人可不是开玩笑的事。而且天天还得我去喂,别人也不敢去喂,我一离开家给它喂食就成了大问题。"这么高。"罗非站起来,用手在腰那地方比了一下,"它别往起站,它平平站着就这么高。"

小峰就笑了起来,可以想象得出这头狮子给罗非带来了多少麻烦。

"它要一高兴,往起一站,把两只爪子往我肩上一搭,它的大脑袋就在这里。"罗非抬起手比了一下,"后来它每次一跟我亲近我就吓个半死,不是怕它把我给吃了,就怕它一扑把我给压死。"

"怎么听不到动静?"小峰说。

罗非不说话了,忽然伤感起来,"它不死也不行,是我让它这样,要不我去了西藏心里会更不安。"

小峰想知道狮子在什么地方。它专门有间房是肯定的,在铁笼子里？这也可以肯定，如果不在铁笼子里更容易出事。小峰想知道那头狮子现在在什么地方。

"在小煤窑。"罗非说，"在废弃的坑道里。"

小峰早知道罗非的煤窑已经关停了，现在几乎所有的小煤窑都停产了，把狮子关在废弃的小煤窑里倒是个好主意。

"连铁笼子一起放在废弃的坑道里，"罗非说，"问题是我不能找人开枪把它打死，狮子是一级保护动物。我不忍心把它饿死，但我只能把它饿死，活活饿死。"罗非讲了几个细节，那就是把狮子放到坑道里的头一天，罗非一次性给它留下了五十多斤肉。第二次去看它，又给它留下了五十多斤。后来，又托人过去看它给它留了不少肉。罗非是花钱雇人把它关进铁笼里再拉到小煤窑。

"费了老大的劲，它一路总是叫，它知道要出事了。"罗非说。

小峰看着罗非，看着他掉过头朝身后又吐了口唾沫。

"只要它一死我就让人把它的皮剥下来带到西藏。"罗非说这也许是一种最好的纪念方式，它毕竟是我一手养大的，现在想想，它叫得可真是好听。罗非站起来，把头往后背，把脸向后仰，小峰知道他又要学狮子叫了，但罗非没叫，他朝身后吐了口唾沫又坐了下来。

罗非拉上小峰和小峰的女朋友去看狮子是第二天的事。虽说小煤窑那边停了产，但还有人守着，守小煤窑的是个中年人，他对罗非说，"有两天没听到狮子叫了。"小煤窑在山里，转进山口不远就到，小煤窑的入口其实不那么大，能进出一辆拉煤大车的样子，现在给一道铁门锁着。里边居然还有电。"已经有两天没听到叫了。"那个看守小煤窑的中年人又说,他把铁门打开,又把里边的灯打开。小峰和罗非就马上看到了那个铁笼子,但紧接着就听到小峰女朋友的尖叫,她看到了什么?那是什么?在地上流动着,是密密麻麻的老鼠,那么多的老鼠,煤窑里的老鼠,在铁笼子周围聚集着流动着,铁笼里空无一物,只有隐隐约约的骨头和皮毛,老鼠发出叽叽吱吱的叫声,并没有因为小峰他们的到来而停止它们的进餐……

大澡堂

你真没事吧？我对周治说。

没事，周治一边脱衣服一边说。

我陪着周治去大澡堂洗澡，虽然我昨天刚刚来大澡堂洗过，和许多人一样，我们都喜欢去大澡堂，这样的大澡堂一共有两个很大的池子，你随便想躺在哪个池子里都可以，两个大池子的区别是一个池子的水热一些，另一个池子的水稍稍凉一些。这两个大池子每一个都能同时让三四十个人来洗。在这样的大池子里洗澡可真够热闹的，你可以看到各种不同型号男人的陌生身体。我是到后来才知道只有男人们洗澡的地方才会有这种大池子，女人们洗澡一般都是用淋浴，因为她们的生理构造和男人不一样，她们不能在许多人同时洗的大池子里泡澡，并且一泡就是一两个钟头。我还见过在池子里一边泡澡一边看报纸的人，这种人挺牛逼，起码看上去挺牛逼，他们一边看报纸一边尽量不让报纸被水打湿，所以他们的姿势很特别。我还看见过一边泡澡一边喝茶吃早点的人，靠着池子边，一边喝一边吃。澡堂里的空气怎么说呢，你应该知道。

我和周治是很多年的朋友，只要一洗澡，我们就都会在一起。有时候他给我搓澡，有时候我给他搓，就这么回事。

刚才我给他搓背的时候，周治又小声说要送我一瓶魔法油。

你不难过就行。我不知道我应该说些什么。

我让你很快就知道魔法油的厉害。周治说。

周治的话让我觉得有点害怕，我说，你没事就好。

在此之前我已经知道了魔法油的神奇之处，这就让我十分想得到一瓶。周治对我说，我们既然是最好的朋友，那他一定会给我搞到最好的那种，周治一说最好的那种我就明白了那应该是藏獒的，这让我很激动，如果得到了藏獒的魔法油，据说不管把它涂抹在什么地方，那藏獒都会从千里之外飞奔而来，比如，你在福建泉州，那藏獒远在西藏，那你等着吧，它会很快穿过大半个中国把你咬烂，这一点真不是瞎说。人们也注意到了，某些狗突然就像发了疯，在众多的人里边它会一下子扑向某一个人，只选其中的一个人攻击，直到把那个人咬得七零八碎，也许这个人就是被涂抹了魔法油。而那些发了疯的狗无一例外都是母狗，公狗一般不会干这种事，公狗一辈子的事好像只有两件，那就是到处游荡和随时发情交配，狗的麻烦事在于它们交配的时候必须屁股对屁股一待就是两个多小时才能分开，真不知道它们是舒服还是痛苦。而那魔法油无一例外又都是用母狗的小狗仔熬制的，而且必须一窝端，一个也不给母狗留，活活放锅里把它们熬成油，而且还要让母狗在场，这就会把母狗的仇恨死死拉住，这就是魔法油的厉害。

这是伤天害理的事。周治对我说。

是有点残忍。我说，但我觉得你不会那么残忍。

你说我不会？周治说。

我看你不会。我说，你怎么会呢？

要想得到魔法油也只好这样，不残忍不行。周治没接我的话题。

你就不是那种残忍的人。我又说。

也许是，也许不是。周治说。

你不是！我说。

别对我这么说，说你的魔法油吧，我会肯定给你。周治说。

我对周治说我只想要那么一小瓶，那种放糖桂花的小玻璃瓶儿，平时就放在口袋里，谁惹了我再说。

但愿你不要也有仇人。周治说你要知道人有时候是管不住自己的。

我想了想，说真的，我长这么大还真没有仇人。

那你要魔法油做什么？周治说。

是你说要给我的嘛。我说，再说也挺好玩儿的。

出了事就不好玩儿了。周治说，你等着看吧。

其实许多东西放在身上也未必会用，我说。我尽量想让周治往一边想，尽量想让他开心一点。我对周治说，虽然有的东西带在身边也没什么用，但只要带在身上那种感觉就来了，比如避孕套这东西，你未必会用，但放在口袋里你的心情就不一样了，很饱满，很那个，真的很那个。

你是不是也这样，没事也在口袋里放几个。周治说。

我说对，以前是这样，我喜欢没事用手摸着它玩，想想那事。

光想有什么用？周治回过头来，看着我。

想想也挺舒服的。我说。

你说饱满？怎么个饱满？周治看着我，你这种想法真是很怪。

别动。我说，你后背真脏，这么多泥。

夏天都这样。周治又把后背使劲绷紧，这样好搓。

一个时代的人有一个时代人的玩法。我使劲用毛巾从上往下，一下一下。

轻点，你弄疼我了。周治说。

这样才舒服，待会儿你能睡一个好觉。我说，我使这么大劲，你得感谢我。

待会儿我会让你舒服死。周治说。

我们互相搓背有好多年了，我们只搓后背，其他地方会留给搓澡师傅去搓。我搓完了他的后背，然后是他给我搓，我背对他用双手扶着湿漉漉的瓷砖墙，瓷砖都裂了，布满了黄色的水渍。我能看见自己的双脚和他的双脚，当然还能看到别的什么东西。

周治一边给我搓一边说，我希望魔法油马上派上用场！

你别老想那事。我说。

我不能不想！周治说。

待会儿你好好睡一觉。我说。

你明白我说的吗？周治说。

你待会儿再打个电话，我说，她会接的。

我头疼得厉害，我打过了，没人接。

周治说，我女儿这次受伤受得太重了。

我掉过脸，看了看周治，感到了他的呼吸。

周治曾经是我的老师，当然是中学，上学的时候我显得很小，但我好像忽然就长得和他差不多高了，脚也大了，手也大了，该大的地方都大了。周治是个对什么都感兴趣的人，有一阵子他让我认真读福尔摩斯的小说，他那里有一套《福尔摩斯探案大全》，每一本都还用牛皮纸包了书皮。周治说那里边有不少智慧，说世界上最聪明的人就是这个福尔摩斯，其他那些自以为是的人只不过都是些猪，穿着西装的猪。周治有一阵子还在游泳馆当教练，也许是因为瘦——周治总是瘦瘦的显得很精神，人们都知道他这种体型特别适合游泳。但要说明的是上学的时候周治根本就没教过我，只不过有时候我在操场踢球的时候能见到他，经常和周治一起出现的华生老师也没怎么教过我，华生是教英语的，而我们班的英语老师却是个女的，名叫范爱花，说话怪腔怪调的，她每一次发音差不多都会把下边的学生们逗笑，所以这让她很难过，有一次她买了不少大白兔奶糖，那是她的一节课，这一节课她几乎什么都没讲，而是把她带来的奶糖分发给我们。这在学校好像是从来都没有过的事。后来她也给自己剥了一块儿奶糖并且放在了嘴里，然后她就开始哭，当然不会出声，只是流泪，因为她不敢出声。后来她终于开口说话了，说以后同学们在我上课的时候不要笑我好吗，她把这话一连重复了好几次，但下边的同学你看看我我看看你都不知该说什么好。我把这事后来告诉了周治，周治当时正在做实验，他把什么东西慢慢倒在了玻璃试管里边，又把什么慢慢倒了进去，"嘭"的一声，一股黑色的烟就从试管里蹿了出来。

我仔细盯着周治的脸看,他的两个鼻孔和眼圈儿全黑了。

成功了。周治说了一声。

成功了又有什么用?我说。

周治看着我,他好像也说不出这种实验成功了会有什么用。

你不觉得这很好玩儿吗?周治说。

一点都不觉得。我对周治说。

问题是,一个人要是没了自信就什么也没了。

我知道后边这句话他是在说我们的英语老师范爱花,这都是很多年以前的事了。就这个范爱花,据说后来报名去了话剧团的普通话学习班,人们觉得这是一件很好笑的事。

我也不知道周治是从什么时候开始迷上魔法油的,但我想要说说华生的事,因为华生和周治曾经是特别好特别好的朋友,虽然他们现在臭了,和仇人一样,因为华生和他的爱人,周治的女儿从家里出走了,不知去了什么地方。

华生其实岁数比周治大不了多少,但他的头发这几年早早就白了,几乎是全白。那时候,我们经常去华生家去听他弹钢琴,他总是说他家的钢琴是坐着船从海上过来的,所以音色特别好,还说买这架钢琴他其实没花多少钱,因为是教堂里的老东西,教堂那会儿不行了,人们把教堂上的十字架和那种很好看的铁护窗都取下来卖了废铁,还有那两扇浮雕大铜门,据说那两扇浮雕大铜门被卖到废品收购站后就失踪了,找不到了。

啊呀真是罪过,圣母玛利亚,玛利亚圣母。

说这话的时候，华生在胸前画了个十字。

那个门啊，是从海上运过来的。华生说，又画一个十字。

那是艺术品。华生又画了一个十字。

我们去了华生家，华生总是坐在那里弹钢琴，我们坐在那里喝甜茶，"叮咚叮咚，叮咚叮咚，叮叮咚"，华生说喝茶最好是用那种小号的饭碗喝，所以每次到他家我们都会用那种小号的饭碗喝茶，这很特别。华生的爱人是个特别话多的女人，她在一家糕点厂做点心师，这你就知道了吧，叽叽喳喳，叽叽喳喳。她总是这样。她的与众不同之处是，她可以悄悄从厂里往回带一些市面上根本就买不到的东西。我们去她那里，经常能吃到奶油什么的，每人一个描金边小白瓷碟子，一片面包，一点奶油，还会喝到甜茶，有时候还会吃到别的什么小点心。

你们吃，别管他。华生有时候会这么来一句，他这话是说给他儿子的。

我没吃，我又没吃。华生的胖儿子说。

华生的儿子可真胖，也许我这样的身材三个加起来都没他一个粗，这就成了华生和他爱人的心病，我有时候看华生的胖儿子坐在那里也替他发愁，他总是在喘，走过来，哐哐哐，走过去，哐哐哐，坐下来，哐哐哐，他总是发出"哐哐哐"的这种声音，人胖到一定程度都会发出这种声音，这谁也没办法。这样的一个胖子已经够让人烦了，而他的母亲，也就是华生的爱人，又总是不停地说话，叽叽喳喳，停一会儿，又叽叽喳喳。再过一会儿，又叽叽喳喳。有时候你不想让她说话都不行，好像是，谁都无法让她不说话。必须还要说一句的是，她的身上总是有一股"百雀灵"雪花膏的味道，那种味道说不上好闻，很噎人，只要她一走过来，那味道就会把人给狠狠噎一下，她有时候会不停地数落华生，说他这也不行那也不行。

就你行？华生说我看你最行。

"咚"的一声，华生弹了一个音符，停下来，把脸一下子掉过来，下边的话是对我们说的，你们去商店看看，看看哪种点心有雪花膏味儿，你们就会知道那点心是谁做的了。

华生开心地笑了起来，又对他爱人说，你这一点最行，雪花膏牌点心。

反正你什么都不行！华生的爱人真的生起气来了，嗓子尖了起来。

你们的老师根本就什么也教不了你们。华生的爱人又对我们说。

他有时候只会瞎说！华生爱人的手指已经碰到华生的额头了，她正在剪指甲，一手拿着指甲刀。

华生的爱人这么一说倒让我想起一件事来了，有一次我们学校参加义务劳动，也就是修公园西边的那条路，那条路往南通向电厂，往北通向火车站，修路的时候挖出了两个墓，有棺材板，有死人骨头。不知怎么人们就一下子说到了十三陵。也是我多了一句嘴。我问华生老师：十三陵下边都埋的是什么皇帝？其实他可以不回答，因为到了后来我明白他根本就不知道十三陵都埋了哪些皇帝。但他居然回答了，说李什么，说那个皇帝叫李什么。我当时就蒙逼了，现在隔了那么多年，我还是蒙逼，十三陵埋的是明代的皇帝，怎么会姓李？从那之后我在心里就多少有些瞧不起华生老师了。

其实也就是在那会儿,周治开始迷上了魔法油。

你知道不知道什么是魔法油?周治那天还悄悄问我,魔法油?

魔法油?我说我想知道,是不是床上用的那种东西?

别往床上想,跟床没关系。周治说。

魔法油嘛。我真不知道这是什么东西了。

说这话的时候我们正在一起泡澡,每人一条毛巾,毛巾当然是澡堂的,大家公用的,还算干净,这种毛巾总是你用完我用,我用完他用,用完扔在一个大木桶里就行。除了公用毛巾,澡堂还会给每人一小块儿四分之一的肥皂,才两指那么宽,我们用它又是洗头又是洗身子,但还是用不完,剩下的我们就用它来洗内裤,澡堂那时候是允许人们洗内裤的。所以每次去澡堂我们都会顺便把内裤洗一下。

魔法油就是复仇之油。周治对我说。

我再问,周治又不说了。

后来,我还是知道了什么是魔法油,也知道了魔法油是怎么做的了。

那一次,我们几个朋友正在路边吃串喝啤酒,我就看到周治急匆匆提了一篮小狗,他身后跟着一条母狗,那条母狗都急成了什么,跟在周治身后可怜巴巴颠颠颠地跑。我当时还担心那母狗会不会突然扑上来咬周治一口,我追着问周治,你干什么去?你干什么去?你干什么去?周治说,没事,你别管,你别跟着我。但我还是跟着他去了,跟在他屁股后边跑。这样一来呢,周治就不得不跟我说了实话,我这才知道了魔法油是怎么回事。关于怎么把那一窝小狗熬成一瓶油,周治好像对谁都没说过,那情景真够惨的,一窝小狗"吱吱吱吱"地在锅里叫着,慢慢慢慢不叫了,慢慢慢慢一窝小狗被在锅里煮成了肉糜,这还不行,再熬两三个小时,然后那一窝小狗就变成了一瓶魔法油,把小狗放在锅里熬成油的整个过程母狗一直在那里看着,一直在凄惨地叫着,就这么回事,真是他妈的够残忍的。还有一次,我又看见周治提了一筐小狗,那只母狗也紧跟着他,那次周治算是开了大恩让我跟着他去了一处医院北边的小院子,那小院子早就不住人了,是医院里废弃的洗衣房。小狗被放在锅里熬油的时候那条母狗的叫声太可怜了,不是叫,是哭,真是在哭。那天魔法油熬好的时候,周治把魔法油往地上只滴了一滴,那条母狗就发了疯似的用两只前爪子只一会儿工夫就把那地方挖了一个大坑。

这就是中了魔法了。周治说。

我看呆了,也看傻了,我很怕那条母狗会冲过来咬我一口。

这就是魔法油。周治又说,你别怕,它这会儿顾不上咬你。

周治又把一滴油抹在了院子里的一根很粗的木头棍子上,我眼看着那条母狗只几口就把那根木头棍子咬断了,只几口,喳喳喳。

这事你千万不能对任何人说。周治再一次嘱咐我。

我说我当然不会。

周治还告诉我熬魔法油其实真是一件很难的事,先要找到一窝小狗,那条母狗还得是一条很凶的母狗,不过话又说回来了,母狗只要一生小狗就都会变得很凶。我那时候已经陷入了想入非非,我总幻想着自己口袋里有一小瓶魔法油,那种小玻璃瓶我都准备好了,就是那种从外婆手里传下来的比大拇指大不了多少的放糖桂花的小瓶。我想得到这么一小瓶魔法油，到时候我可以把它涂抹在我讨厌的人的身上，好让狗去把他咬得七零八碎。我很想知道周治一共熬了多少瓶魔法油，但他就是不说。

你告诉我。我对周治说，我保证不会对任何人讲。

有些事一说就不灵了。周治说。

我看着周治，在脑子里想了一下，我想什么，我想在我们居住的这个小城里到底有多少人被狗咬过，被咬过的人又和周治认识不认识。

这是很危险的。周治说，一个中了魔法的狗能把一个人撕成碎片。

我想知道什么样的狗才最合适做魔法油，我问了一声，其实我不问也知道。

那当然是大型犬，比如德国黑背还有藏獒，藏獒最好了。周治说。

周治几乎每一次都会对我说，魔法油的事不能对任何人说。

我不说，绝对不会说。我说，但是我想知道魔法油对交女朋友会不会有用处，比如，接吻，比如，上床，我希望女朋友会主动上床，这可太有意思了。

周治就笑了起来，迷奸吗？

你说得也太难听了。我说。

反正你不能对任何人说魔法油的事。周治说。

当然不会。我说，这你还不相信我？

我相信你。周治说，但这种事真不能让人知道。

我想知道周治到底有多少瓶魔法油，一共多少瓶，放在什么地方。

我迟早会给你看的，周治说。你放心吧。

我对周治说，那么我想再问一句，魔法油能不能让人变瘦一些？你看华生的儿子胖成什么样了，肥猪！既然是魔法油，它的魔法也许不仅仅是只让母狗去咬人。

我一说到华生的儿子周治马上就来气了，也就是这次，我知道周治跟华生的关系彻底不行了，完了，臭了，仇人一样，我知道这不能怪周治。我更想不到的是周治的爱人跟周治离婚了，是刚刚离，这对周治的打击可太大了，所以我才和他来大澡堂洗澡，想让他好好放松放松睡一觉，要知道我们经常在大澡堂睡觉，洗完澡总能美美地睡一觉。

你应该好好儿睡一觉。我对他说。

他活该。周治完全把脸黑下来了。

他们两口子把我害苦了。周治说。

他们其实也挺麻烦。我说，看着周治，想让他不生气。

我说，华生和他爱人带儿子去医院的事你也知道了，华生的儿子岁数那么小就得了高血压和心脏病，真要命。

人太胖了容易出毛病。周治说。

咝咝咝咝。我说他现在出气总是这样，眼镜蛇就这种声音。

别提他们好不好！周治说。

周治把头枕在澡堂池子的边上，闭着眼，他的头旁边是一个澡堂里才有的木头枕头，已经被水泡得黑乎乎的，澡堂里有好几个这样的枕头，是让人们枕着搓澡用的，澡堂里还有那种木趿拉板鞋，一走啪哒啪哒响。

你说魔法油能不能减肥？我不知道自己为什么又把这话说了一遍。

别提他们好不好！周治说，眼神不对了。

这下我想我应该换个话题了，我不想让周治不开心。我说，我们家的人好像就没有胖的，都挺瘦。我用手摸了摸自己的小肚子，我很喜欢我的小肚子，那上边连一点点多余的肉都没有。我站起来给周治看我的肚子，我站起来时，水"哗啦"一声，我用手抚抚我的肚子，然后再在水里蹲下来，水又"哗啦"一声。

我本来不想说华生的事了，但周治自己却又说了起来。

周治说华生儿子的事可能与他小时候做过的一次手术有关。他那会儿还不到两个月呢。周治说，你想想，还不到两个月就被送到医院对胃部做了一次手术，周治说他想不起那是什么手术了，总之他那时才一个多月，每次吃奶都会吐出来，后来医生就给他做了手术，据说是把胃部进食的那地方给扩了一下。也许毛病就出在这上边，从那以后这孩子吃东西就好像总是不够，结果就越来越胖了。

贲门。周治说那地方叫贲门。

要不要再做一次手术把那个地方弄小一点？我对周治说，贲门。

好像不行吧？周治说华生和他老婆为了这事还去过不少医院，好像是不行。

他不但胖，他事也太多了。

我忍不住还是把那事又说了出来，我想让周治笑一笑。想不到他会干那种事,干那种事,干那种事,好笑死了,太好笑了。

青春期容易出那种傻事,那不算什么。周治终于笑了一下。

我就也跟着笑了起来,怎么说呢,一般人都想象不出一个十八岁的人会把一截尼龙绳给塞到自己的那地方去,这不是一件容易事。我一笑周治就笑得更厉害了,说,他妈的,报应,脑子是有点问题,往那里边塞东西。

一万个人里边也许只会有一个这样的人。我说。

差不多,那很疼的。周治小声说,看看旁边,旁边还有几个泡澡的人。

据说那截尼龙绳要比男人的尿道口粗好多倍。我说。

有这种怪癖的人是不分岁数的,还有往那里边塞打火机的。

我当下就被吓了一跳,打火机?那怎么能够,这简直要吓死我了。

周治说那件事对华生和他爱人打击太大了。这让人很开心,活该。

我被塞打火机的事吓着了,这也太吓人了,那怎么会?我看着周治。

咱们不说他们好不好?周治忽然用手拍了一下脑袋的左侧,从水里站了起来,"哗啦"一声,是该轮到他搓澡了,搓澡师傅叫号了。

周治一步跨出了池子。咱们说他们干什么,我老婆都没了,我再也不想说他们的事,够了,我不希望听到他们的名字。

我要让他们知道魔法油的厉害!停了一下,周治又说。

别这样。我听见我在说。

放过他们。我还在说。

已经有好一阵子了，不少人都已经知道周治家里出事了，也知道是华生老婆把事情给搞成了那样，把人家搞到离婚了，这些事前前后后我都知道，我想不通华生的爱人为什么要那么做，把人家周治一家人给弄得七零八落。

一个人一生什么最重要，周治站在池子边对我说，他身上在往下滴水。

我说不上来，我看着周治，我也从池子里站起来，"哗啦"一声。

也许爱情是最重要的。我也不知道自己在说什么。

哪有什么爱情，家庭呢？一个人没了家庭他还有什么？！

周治在搓澡的床上躺下来，我看着他，也跟着在他旁边的搓澡床上躺下来，我俩的搓澡床紧挨着。我侧过脸看周治，他的可真不小，瘦人看上去都不小。我看了一下，马上就不看了，我闭上眼，搓澡师傅开始往我们的身上浇水，浇了一盆，再浇一盆，然后开始给我洗头，周治那边也在洗头。有人在澡堂那边唱歌，美声唱法，很帕瓦罗蒂，这个人我也认识，是个大胖子，他喜欢在澡堂里唱很雄壮的歌，倒不怎么难听。我躺在那里，头很快就洗完了，搓澡师傅开始在我身上忙活，我心里真的替周治难受，其实我昨天才洗过澡，今天又来了。其实不只我一个人，不少人都知道了周治的妻子离开了他，离婚了，而且，周治的女儿也离开了他们，她从来都不知道自己不是周治的亲生，人们谁都弄不清华生的爱人为什么把她叫了去把这事告诉给她，一般人都受不了这种打击，为什么？为什么？周治的这个女儿现在不知去了什么地方，她给周治和他爱人留下了一张纸条说她要去找她的亲生父母。让我想不开的是周治的爱人为什么要跟周治离婚，为什么，在这个时候？

我又侧过脸朝周治那边看了一眼，周治好像睡着了，搓澡师傅在忙活他的一条腿，把他的一只脚架在自己的肩膀上，这样一来周治的那条腿就抬得很高，搓澡师傅开始从周治的大腿根部一点一点给他往下搓。

周治看上去像是睡着了。但我知道他没有睡。

他在喘粗气，我感觉到了。

生死契阔

1

怎么说呢,你根本就不知道我和皮兔子的关系有多好,因为太好了,所以我们才总是吵,而我们又是谁也离不开谁,无论干什么事我们都喜欢在一起。我们都住在公安局后边也就是公园东边的那个大院子里,那个大院子四四方方的,鬼才知道为什么大门会开在了北边,这么一来,到了冬天,院子北边和西边树林子里的落叶会被"轰隆隆,轰隆隆"吹得满院子都是。早晨有人在那里捡落叶,捡了一麻袋,又捡一麻袋,拿回去生炉子。捡树叶的人是姚姥爷,胡子和头发都白了,冬天的早上,总是见他在那里捡落叶。

我们那个院子,是一进门右手五排房,左手两排,因为左手只有两排,前边就空出了一大片,这一大片空地的东边是公共厕所,右手是男厕所,左手是女厕所。有时候足球会给不小心踢到厕所里,我们总是剪刀石头布猜大小看谁进女厕所去取足球。白天我们在院子里的空地上踢足球，到了周末的晚上，工会就会组织人们在那片空地上跳交际舞，一二三、一二三、一二三、一二三，咚恰恰、咚恰恰、咚恰恰、咚恰恰，一串一串的彩灯拉得明晃晃的，好像是节日来了。跳舞的时候，许多不是我们院子里的人也都会来，大肚子工会李主席也会过来跳，他的肚子那个大啊，一跳就上下抖，我们都看见他的肚子把他的舞伴姚阿姨顶得都快要搂不住了。哈哈哈哈，这真是好笑。过年的时候，工会组织的高跷和秧歌也会来这里又是扭又是跳，"二两酒"扮的那个丑媒婆手里拿把大蒲扇，耳朵上挂着两只大红辣椒，简直是笑死人了。再到后来，不知怎么回事，人们开始在院子里的空地上种菜，那时候人们开始吃不饱了，吃粮凭供应，吃油凭供应，吃什么都凭供应，人们就想起了种菜，菠菜和芹菜，葫芦和豆角，有的人家还种上了甜菜，我是那时候才认识的甜菜，一个很大的菜头，披纷的大叶子，叶子可以吃，吃不了的晒干到了冬天再吃。人们把甜菜头切成薄片放锅里熬，熬很久才会熬出那种棕色的糖稀来，人们会把熬好的糖稀都装在一个一个的瓶子里，那时候糖也要供应，绵白糖、砂白糖、黄糖、黑糖都要供应票。熬糖稀的时候，连院子里都是那种甜不叽叽的味道，我很不喜欢那种甜不叽叽的味道。

　　自从空地上种了菜，我们踢足球就没了地方。到后来，我们都大了，我们对踢足球也没了兴趣，再说我们也没地方可踢了。我们那个院子的外边，东边是护城河，人们都叫它"城壕"或"壕沟"，很深。院子西边是一大片空地，但那空地上有一座盖完了地下室就不再继续盖的楼，是鸡巴苏联专家们留下的没屁股营生，为什么不接着盖？没人知道。我们没事就总是去那边玩，在地下室的墙垛子上比赛跳来跳去，但好像谁也没掉下去过。那时候我们每顿饭差不多都能吃饱了，所以精神头也就来了，那一天，天都快黑了，我和皮兔子在上边跳来跳去，我突然就看见了我家的那只大黄猫，"嗖嗖"地跑，嘴里叼着什么，像是只耗子。我就和皮兔子追我家的大黄猫，一直追到了地下室最东边那个拐角的地方，那地方我们从来都不去，我和皮兔子就突然看见了建国，他和一个人在下边，他们叠在一起动动动、动动动，动得简直是让人眼花缭乱。

我实在忍不住，尖叫了一声，像被蛇咬了。

建国吃了一惊，回头看到了我和皮兔子，但他那时好像不动不行了，他继续动，一直动完。

第二天，建国把我和皮兔子叫了去，他站在窗前看着外边好蓝的天，好一会儿，才转身给了我们每人五块大白兔奶糖，然后用很严肃的口气对我和皮兔子说，你们根本就没看清楚我是在给彭大眼弄他的腰呢，"他腰出毛病了。"

彭大眼和我一个班，就在我们前边住，但我们不知道他腰出了什么事。再说我们也不关心他的事。这个院子里的人都知道彭大眼的母亲出身很不好，后来就上吊死了，她把自己吊在绳子上不说，还把她三个月大的小儿子，也就是彭大眼的弟弟吊在自己的脖子上，两个人都在那里吊着。有人说她是先把彭大眼的弟弟吊死在自己的脖子上然后自己才上的吊。出这事的时候彭大眼的父亲被关在谁都不知道的地方，在我们大院里，根本就没人搭理彭大眼，只有建国跟他好，建国走到哪里他就跟到哪里。

建国家里的情况也好不到哪里去，建国他爸毛工程师也让人批斗过，批斗毛工程师的时候有人对毛工程师说，"你他妈个逼也配姓'毛'？不许你姓毛！"不许姓毛？那怎么办呢？那该姓什么呢？那就把毛字去掉吧，建国从那以后干脆就叫了建国，他弟弟干脆就只叫建民。人们还记着那个大肚子工会李主席，他好像是因为毛工程师姓毛动了十分大的气，他拍着桌子大声喊，"你也配姓毛吗？啊，不许你们姓毛！你要是姓毛也是'尿毛'的那个毛！"

下边的人那个笑啊，一片东倒西歪，都忍不住了。

建国看着我和皮兔子又说，"昨天彭大眼和我从上边下来时不小心把腰给扭了一下，所以给他压压，腰那地方扭了，压压才会好。"但建国没说他们到下边去做什么。

"所以你们以后也别去那种地方了。"建国又说。

我对建国说没事谁会去那种地方，我是去找猫的，我不知道我家那只黄猫下到那里去做什么。关于这个问题，建国也说不上来，他又说，"反正那下边不好玩儿，有蛇。"

建国知道我最怕蛇了，接着就说他在那下边看到过蛇。

"有这么粗，这么粗，这么粗。"

我的眼睛都被建国吓直了，"那么粗？"

"这么粗！"建国又比划了一下，更粗了。

又过了不久，我们才知道我们家的黄猫是在那下边下了一窝小猫，黄的，黑的，一共四只，眼还没睁开，到处乱爬。我爸说，"操它个祖宗八辈了，还下在外边，还不把小猫下到家里。"我父亲，那天戴了厚帆布手套，拿了个放工具的大帆布袋子，和他的山东朋友张逢贵下去把小猫都放在袋子里带了回来，那只大黄猫紧跟在他们后边，寸步不离地叫叫叫，不停地叫，好焦急，又好像是好生气。回到家，大黄猫才停了叫，先喝了一气儿水，然后把小猫一只一只都叼到了桌子下边。那时候，家家户户的桌子上都有桌帘儿，院子里的女人们没事就坐在一起绣桌帘或者是别的什么东西，要不就用勾针打脖套。我家的桌帘上绣着一朵一朵的小兰花，大黄猫把它的孩子们都叼到了桌帘后边，它们在里边做什么谁也不知道。

我妈把桌帘里边的地方叫"桌肚子"，我知道我家的桌肚子里边放着腌鸡蛋的小坛子，放茶叶的那种带盖子的小缸和放米的小瓮，还有一个铜佛像，那时候不让供佛了，我妈说佛像这东西不让供也不能乱扔，"就把他暂时放在桌肚子里边啵，委屈委屈老佛爷啵。"母亲用一块儿红布把铜佛像包了包放在了桌肚子里边。母亲还很小声地念了两声"阿弥陀佛，阿弥陀佛"。

后来，我和皮兔子开始喜欢了钓鱼和打猎。

皮兔子住在西边的那排房和我家是并排的，这你就知道了吧，我是住在东边这一排，那时候我没事就总是去皮兔子家，他的家里总是有一股子消毒水味，这你就该知道了吧，是来苏水。皮兔子的妈妈是医院里的护士，长得可真漂亮。他爸爸是大夫。我和他做的一件事就是在他家里到处找那种东西，拉开每一个抽屉，抽屉里都是些乱七八糟的东西，有皮兔子他妈做头发的那种铁夹子，好多，上边的漆皮都掉了。我经常看见皮兔子他妈的头上卷满了那种铁夹子去了厕所，然后又从厕所出来，我们对这种铁夹子不感兴趣，我把一个铁夹子拿在手里放在鼻子下边闻了闻，也没闻出什么。我们乱翻，只找那种能够让我们感兴趣的东西，但只有一次让我们给找到了，是避孕套，这真是让人够兴奋的，我和皮兔子当时就喘不上气来了，我们都不知道这东西应该怎么用。但这东西一下子就让我们硬了，我们便同时开始，一下一下一下，一下一下一下，一下比一下快，用手，越来越快，一直快到不能再快，看着射出去，一朵一朵又一朵，一朵一朵又一朵。皮兔子气喘吁吁还小声对我说要我先不要想那种事，到最后再想，如果想早了，那就没办法控制了。这一般是在夏天天热的时候，但后来我们对这个也不感兴趣了。我们感兴趣的是一起去城东的那条河里去钓鱼，一般都是骑着自行车去，天真是够热的，我们每人用输液瓶子灌两瓶子白开水，里边再放点糖精，路上喝。

我们先是骑着自行车到了十字路口那边的运输公司，那里总是停着不少解放牌大卡车，地上都是煤渣子，天上是烤人烤人的太阳，天可真够热的。我们会猛地把自行车一蹬穿过运输公司的门房，马上就听见有人在我们后边"噼里啪啦"追过来了，是看门的干巴老头"二两酒"，我总忘不了他扭秧歌时扮的那个丑媒婆的样子，所以一看到他我就总是想笑。他总是天天要喝那么二两，天天坐在那里喝，就着手里的一块豆腐干。也不知为了什么，他见着我们就要骂。因为我们要穿过这个院子，从院子东边的一个豁口出去，这样一来我们就抄了不少近道。运输公司东边就是皮鞋厂的那个臭水沟，有一阵子我们经常去那里游泳，那水可真是够他妈臭的，我们都不知道皮鞋厂里怎么会流出那么多的水。后来我们就不在这条臭水沟里玩了，我们宁愿多走点路到城东的那条河里去玩儿，但那条河里像是永远也不可能有大鱼。河边的菜地里的蔬菜散发着一股子精液的味道，我们一致认定就是那种味道，那会儿我们已经知道了那是一种什么味道的味道。我们都不太喜欢那种味道。而且我和皮兔子一致认为那种味道是彭大眼给留下的，因为他也来游泳，他总是和建国在一起，总是离开我们老远，我们在南边，他们就去北边，我们要是去了北边他们就又会到南边。我们那会儿游泳都不穿裤头，彭大眼的怎么就那么大呢？透他妈的！所以水沟里的味道肯定是他给留下来的。

夏天的时候，我们都给晒得要多么黑有多么黑。而到了冬天我们想找乐子就得走很远很远，顺着那条结了冰的河"咯喳咯喳"一直往北走，然后再朝东，去上东山，东边那一带的山上都是积雪，真他妈耀眼，然后再"咯吱咯吱"往上走。"咯喳咯喳""咯吱咯吱"一路都是响动，这就是冬天。

冬天到了最冷的时候，人站在那里，会猛地听到"啪啪啪啪"几声，是地裂了，我和皮兔子都看到过几回，我们的脚下，"啪啪啪啪"响过后突然裂了一条一指宽的缝，你说这天冷不冷？可真他妈够冷的。天到了这么冷的时候，学校里基本就不上体育课了，体育课改成了手工课，不管男生女生一律都坐在教室里学习打毛线，一人一团线两根针。镶了一颗金牙的陆老师说："都好好儿打，一开始是两根针，到你们能用到四根针你们就学成了！"

冬天出去玩儿的时候，我和皮兔子都还忘不了带洋火柴，那种白头洋火柴，在手指甲盖上都能划着，取一根，在大拇指甲盖上轻轻一划，"卟"的一声就着了，蓝色的火苗可真好看。我那时候就是没事喜欢划火柴玩儿。就那个运输公司看大门的干巴老头儿"二两酒"，有一次喝醉了，迷迷瞪瞪地用白头洋火掏自己的耳朵，结果"卟"的一声把洋火给掏着了，把耳朵眼都给烧了，据说二两酒掏的是左耳朵，结果连他的右耳朵那边也往出冒青烟了,这可真是吓人,他可真是个老酒鬼,我透他妈的。

  再后来,建国不见了,人们都说他去了林场,其实他是到山里当了道士,关于当道士的事,建国像是很早就跟我和皮兔子说过,他那天不知为了什么事把眼睛给哭得红红的,他很伤心地对我和皮兔子说,人待在这个社会上真没有意思,他说他想飞,飞离这个社会,想飞就得去当道士,当然当飞行员也可以,但他当不了飞行员,就他那出身,掏大粪大粪都嫌他臭。后来他就不见了,再后来人们说他真去当了道士,再后来,有人说他都能从树下飞到树上了,是身轻如燕,而且飞到树上后能盘着腿在树梢上一坐就是老半天,再大的风都吹不动他。人们都这么说,都说再练几年建国也许都能飞到云朵上去,我们这个小城可算是出了一个名人了。以前人们不让建国姓毛,可现在人们一说到建国就叫他"毛道","毛道"长"毛道"短。

  我们那个院子,不但是建国不见了,许多的人都不见了,连彭大眼也不见了。我的嗓音也变粗了,再照镜子的时候,好家伙,我他妈的这个喉结可真是牛逼,比皮兔子都大。一晃十年就这么过去了。

  这十年,我和皮兔子都没见到过建国。但我们都知道他在什么地方,就在东边的山上。我们总说要去那边找找建国,找找这个毛道,"毛道——"这么叫他真是有点怪怪的,但我和皮兔子都想看他往树上飞一次,飞一次就行,但不知道他肯不肯给我们飞。但我们同时还想去套兔子。再说了,我们住的那个大院子也被拆了,因为西边要扩路,这条路通火车站,车那么多,不扩不行了。院子没了,院子里的老邻居就谁也见不到谁了。可人们又能见到彭大眼的老爸了，他又当了市长，经常在电视里露面，人猴瘦的，比以前还瘦，还总是打嗝，平均每说两三句话就要打一下嗝，吃饭的时候也停不下来，吃两口打一个嗝，吃两口再打一个嗝，搞得旁边的人都没了胃口。人们就都在背后叫他"嗝市长"。都多少年了，我还记着小时候他拿糖给我们吃，那时候彭大眼的妈妈还没有死，我们去彭大眼的家里写作业，家里真是安静，一只苍蝇在飞来飞去，窗台上的那盆醋浆草开得真好。彭大眼的爸爸看看我们的作业，然后拿黄油球给我们，每人只给一粒。黄油球挺好吃的，他那会儿还不打嗝，说话整齐响亮。

皮兔子那天对我说别看他当了市长，人可太可怜了，女人死了，两个儿子死了一个，彭大眼据说现在还不认他。皮兔子的这话太让人不解，什么意思呢？为什么？我看着皮兔子，说那为什么？

我说："皮兔子你别老眨眼好不好？彭大眼为什么不认他爸？"

皮兔子说："他说他妈和他弟都是给他爸害死的，所以他不认。"

我想了想，彭大眼的妈和弟弟可不就是给他爸害死的，要不是他爸他们也不会死。但好像这也不能怪怨他爸，他爸也够可怜的，生生被打断了五根肋骨，这种事，谁也不能怨谁，要怨就怨王八蛋吧！这事我忽然就想通了，心里忽然有了近似于历史感的那种东西，很悠远，又很让人难受。但问题是，我们谁都不知道彭大眼现在去了什么地方。没人知道。就好像这个世界上原来就没这个人似的。

皮兔子又对我说，彭大眼他爸还不算最可怜，工会李主席比他还可怜。我吓了一跳，忙说又怎么了？他女人也上吊了吗？皮兔子说那哪会，现在哪还会有动不动就上吊的人？现在人要死，一般都跳楼，一闭眼，一跳，什么麻烦事都没有了。我说你说到底是怎么回事？工会李主席怎么了？皮兔子说还能怎么样，他没了一只眼。是工会食堂里煮鸡蛋，正好工会李主席去食堂检查工作，手里拿着个铝饭盒。结果一颗鸡蛋就在锅里爆炸了，从锅里一下子跳出来就炸在了他的左眼上，一只眼就没了。

这简直是太神奇了，鸡蛋从锅里跳出来？我吓了一跳。

"是闹鬼吧？"我说。

"谁也说不清，就这么回事。"皮兔子说。

"鸡蛋自己从锅里跳出来，我操，真怕人！"我说。

"你嘴张这么大干什么，想让我透你一下是不是。"皮兔子大笑起来，手里的一串钥匙"哗啦哗啦、哗啦哗啦"。

"他那眼睛呢，是不是给从眼眶里炸出来了？"我问皮兔子。

"人们都这么说。"皮兔子说。

这我就知道了那个工会主席为什么后来总戴着个黑眼镜了。

2

"怎么样？准备得怎么样了？"那天皮兔子在电话里问我，外边风很大，天阴着。我从窗里朝外看了看，看到了一个塑料袋被风吹上了天，无论什么东西，一旦上了天就都很牛逼的样子，飞啊飞啊，还不就是个破塑料袋子。我透他妈的！

"怎么样，收拾好了没？"皮兔子又在电话里问。

"星期五、星期六、星期天，星期一咱们回来。"我对皮兔子说。

"对，咱们在外边就住三天。"皮兔子说。

"对啊，三天，不能再多了。"我说。

"要下雪了，下雪才会套住兔子。"皮兔子在电话里说你就等着吃麻辣兔子吧，又麻又辣的兔子，到时候先让建国吃。

我就在电话里笑得东倒西歪的，他问我笑什么，我说你自己想吧，这你不要问我，你去问麻辣兔子。

皮兔子居然没想出来我为什么笑，他有时候真是有点蠢，他说也许山上还会有狐狸，这谁也说不定，或者是野猪，要是碰到野猪就坏事了，因为我们手里都没有枪，枪都给没收了。就是不知道那些被没收的枪现在都放在什么地方。

"据说被没收的枪里边还有建国他爸的德国双筒，我透他妈的！德国双筒都能打飞机了。"皮兔子说。

我说，"透他妈的，不可能每次都能让你看到一架飞机从咱们头上飞过，哪有那么巧的事？"

那一次，我和皮兔子，快爬到山顶的时候就看到一架飞机从我们头上"嗡"的一声就过去了，那真是让人头皮发麻！我们都觉得那是一架军用飞机，但那确实是一架很大的飞机。这已经是好久以前的事了。我和皮兔子，都认为山那边肯定会有个机场，但我们谁也没去过山那边，问题是这边的山上也太他妈荒凉了，是荒无人烟。一般来说，下雪天上山，因为有指南针，一般不会迷路。但我们总是怕在山上碰到虎和豹子，虽然我们都知道这种事大概不会有。但那边的山里真是没有人家，一户也没有。你一直走一直走也不会看到一户人家。虽然我们不会一直走一直走，我们都知道一个人要是一直走一直走就会又回到原地，但那得走多长时间？那得经过多少地方？一路上也许还会遇到印第安人和玛雅人，也许都会被吃人族做了晚餐。我读过儒勒·凡尔纳的《八十天环游地球》，我们可没那么傻×，我们不会走那么远。我们只想去套兔子，在雪地里套兔子，到山里去套兔子。实际套兔子也只是个借口，我们是想去找建国，因为我们想去看他盘腿坐在地上往树上飞，这对我们的诱惑可真是太大了。

经常和我们一起玩儿的周纪委还给我们画了一张图，他对我们说，顺着山沟一直往里边走，一直走一直走就会找到那个地方，建国就在那地方。当然那地方除了他还有别人，都是修道的，但他们谁跟谁都不挨着，都离得很远。他们那些人一天都不会有一句话，那些人都是些不想在社会上待的人，他们也不想让人们看到他们，所以他们才在那里修行，修得好的人会在有月亮的晚上对着月亮吃月亮的那种光，他们叫"月华"，所以他们根本就不用吃饭，没月亮的时候他们会站在山顶上吃风，吃一肚子清风，一般也是在晚上站在山顶上吃，张开嘴，面向西方，据说那种风是直接从昆仑山那边吹过来的，是他们的专供，然后再喝点早上树叶子上的那种露水，最好的露水应该是松针上的那一滴一滴的露水，据说要比汽水好多了。

"其实下雪去也不好玩儿。"我对皮兔子说。

"咦，怎么又不好玩儿了？你妈个×。"皮兔子说。

我说，"咱们要是真找到了建国，你想想，树上有雪，地上也是雪，让他怎么飞，到时候咱们让他飞还是不让他飞？"

"肯定得让他飞。"皮兔子说我们去找他就是为了这事。

"下雪还不知道能不能飞?"我说,"是坐在地上盘着腿往起飞。"

"手还要这样。"皮兔子说,比划了一下。

说这话的时候我们已经在山里了,山里的雪下得可真不小,我们在雪地上划拉着走,那样子就像是在蹚水。我们进山了,为了不让雪灌到脖子里,我和皮兔子都围了大围脖,我的围脖是灰格子的,皮兔子是个爱吃屁的人,我做什么他也做什么,他的围脖也是灰格子的。我们俩,头上还都戴着那种用毛线织的可以把头套住的小圆帽,我的是深蓝色的,你猜怎么着,皮兔子的小圆帽也是深蓝色的。我们就是这样的装扮,又是小圆帽又是灰格子大围巾,所以我们都像极了以色列人。这次去,我们给建国带了些吃的,毕竟有十多年没见了,其中有一只红彤彤干巴巴的烧鸡,烧鸡干巴了才好吃,才能用手撕,那才香,一丝一丝的肉。道士好像是可以吃这种东西,除了烧鸡,还有十多颗熏鸡蛋。道士除了可以吃这些东西之外好像还能透女人。我们在网上把这些都查明白了。我还知道明代有个叫朱耷的古人就是为了能让自己透女人而不当和尚去当了道士的。

"如果能透女人,我也去当道士。"

皮兔子还对我这么说。说当道士的福利可能也就这个了。

这次出来,我和皮兔子还带了几束热干面,我很喜欢吃这种热干面,还带了一瓶猪油,还带了一个户外用的煤油炉和可以煮两碗面的那种锅。我很喜欢这些,但就是不知道会不会用得上。会不会有机会在雪地里煮面吃,当然还有酱油,在煮好的面条里放点猪油再倒点酱油有时候也很好吃。而实际上我想皮兔子和我一样都在心里想着见到了建国后他会拿什么东西给我们吃，这么一想我就又想起建国给我们吃的大白兔奶糖了。这么一想我就又摸出一颗口香糖放在嘴里，也就是说，这次出来我还带了口香糖，晚上睡觉的时候我和皮兔子都得吃口香糖，这样离得再近也闻不到对方的口臭，虽然我和皮兔子的嘴都不臭，离得再近也不臭。

我又想起小时候的事了，"哈哈哈哈、哈哈哈哈"皮兔子张大了嘴让我看他嘴里的那颗虫吃牙，我趁机就往他嘴里吐了口唾沫，这可真是够恶心的，但这是我们小时候的事，他就追着我不放，我跑不过他，被他仰面朝天按在地上，我被他压着，告饶也不行，反抗也不行，他说你要是再不张嘴我就把你给透了！我只好张开嘴让他给我嘴里也来那么一下子。

除了口香糖什么的，我和皮兔子每人还带了一个睡袋，我那个睡袋是双人的，军绿色的，我喜欢军绿色。要是实在太冷，皮兔子就会钻过来和我一起睡。我们从小就这么习惯了。皮兔子睡觉总爱趴着，后来，我还是忍不住告诉了他，那次是我们一起去洗澡，我的比他大多了。他吃了一惊，说咦，怎么你那么大？小时候咱们其实是一样的，怎么回事？我就忍不住告诉他以后睡觉千万不要趴着，那东西压着就不长了，女人也一样，女人要是压着胸上那两块肉也就不会再长了。我告诉皮兔子我睡觉从来都是面朝天，从来不压，但皮兔子就是改不了，一睡着了就趴过来了，还打呼噜。

皮兔子的脚可真凉，没什么事我才不愿意和他睡一个睡袋。

在雪地里"咯吱咯吱"地走着。我忽然又想起来一件事，也是关于吃的事，我们都知道建国最爱吃回锅肉，大片大片的回锅肉，一口一大片，嘴角的油就流下来了，谁让他是湖南人，湖南人都好那一口，再说，湖南人的腊肉也真是好。

"就是不知道他当了道士后还能不能像以前那样吃回锅肉？"我对皮兔子说，"鸡蛋好像可以，鸡蛋可以鸡肉也就没问题。"

"你还说？"皮兔子说他这会儿真有点饿了，再说就更饿了，"说点别的好不好？这时候说这些越说越饿。"

我对他说如果再走一个小时还找不到地方的话咱们就在雪地里煮热干面吃，结果，我们立马就看到那红颜色的山头了。

我们都仰起脸来，雪都扑到了我们的脸上，但我们不得不仰脸，那个红颜色山头好像已经朝我们压过来了，雪在飞，山在动，在朝我们压下来。我和皮兔子都看清了，山头的左边是一条路，其实就是石头上的一道缝，右边还有一条，但一般人根本就发现不了右边那条。周纪委给我们画的那张图太好了，红蓝铅笔都使上了，圈圈点点的。所以我们一下子就找到了，要是没这张图我们绝对是抓瞎，那地方可真是太隐秘了，你根本就不会想到那上边还会有这么一座小道观，当然是小道观，不能再小了。

"他妈的到处都是烂树林子。"我们开始钻树林子了，我一边往里边钻一边对皮兔子说，"要是咱们杀了人就来这里当土匪。"皮兔子用那种眼神看我，说，"你不会杀我吧？"我说，"你个屁，武侠小说看多了是不是？再说小心我透你。"我又对皮兔子说，"这树林子到了雨季肯定会有不少蘑菇，各种蘑菇。"

我和皮兔子钻过一片树林子之后紧接着又是一片树林子，我们只好又猫下身子钻，我又对皮兔子说了一次，"这样的树林子就是出蘑菇的好地方，但就是不知道会不会长榛蘑和牛肝菌？"

皮兔子就"哈哈哈哈"笑了起来，说，"操你妈的，还牛肝菌。"

我们"哗啦哗啦"往里边钻。好不容易"哗啦哗啦"才钻了出来。然后，一抬头，我们就看到了上边石头下的门和窗，我们就知道到地方了。上边的门和窗上红红的是什么？雪下得也真是太大，什么都看不太清。但我和皮兔子还是明白那门和窗上红红的是去年贴在上边的对联儿。再往上走，我们看到房顶了，房顶上是草，谁知道是什么草，很厚的草，黑乌乌的，都被树枝子压着，可现在都给下白了。再往上走，我们就又看见屋前的盆子，一排溜儿陶盆子，那种红陶盆子，都挺大的，里边都是些枯秧子，但肯定不是人参什么的，好像是茄子秧？

"是不是呢？管尿它是不是。"我对皮兔子说。

"这可能是建国种的菜。"皮兔子说。

上边的风可真大，打着旋儿地刮，一个旋儿，又一个旋儿，从地上旋起，到了天上就不见了，紧接着又一个旋儿，又从地上旋起，一直往上旋往上旋，旋到天上就又不见了，紧接着又来一个。

我和皮兔子都站住，面对着那门和窗，那好像根本就不能算是一间房，更别说它是一个小道观了，那只是一个门一个窗，再加上一堆烂石头。我和皮兔子站在那里，我大吸一口气，开始大声咳嗽，这是我们商量好的，皮兔子也跟着咳嗽，我们又不能喊，我们只能大声咳嗽，我们一咳嗽屋里的人就知道是有人来了。我和皮兔子站在那里好一阵子咳嗽，几乎把一辈子的咳嗽都交待在这里了。

一个道士模样的人，终于从屋里出来了，门是从里边朝外一下子被推开，里边的人可能原想只开一条缝朝外边瞅瞅，但风把门"啪"的一声完全吹开了，好像是门把里边的这个道士带了出来，不是带，是拽，把里边的这个道士猛地拽了一下，"出来啵，你给我出来啵！"风好像还这么说，一下子，把他从屋里给拽了出来。

这道士模样的人一出现雪才是雪了，如果没人，雪像是不存在，人一出现，雪就像是横着来的瀑布。

我的嘴张得老大，看着那边，发不出声来了，真是建国。

我看看旁边的皮兔子，皮兔子脸上飞雪茫茫，两眼眯着。

"是建国。"皮兔子小声对我说，他也认出来了。

"建国——"我终于喊，声音是虚虚的，像是一下子就没了底气。

"建国——"皮兔子也喊了一声，还他妈带了一句，"我是皮兔子，我是皮兔子。"

眼前那个道士模样的人，也就是建国，忽然像是飞了起来，雪下得真是大，山顶的雪要比山下的雪大得多。这你知道了吧，无论是谁，站在这样的雪里都像是飞，横着飞，我知道这个人肯定无疑是建国了，建国一下子飞过来了，是飞，两条腿在雪里一点一点，我的手已经被他一下子握住，软软暖暖。

我有点慌了神，我听见自己突然小声说了句，"我是叫你建国还是叫你毛道？"这话好像不是对建国说的，也不知是对谁说的。在一刹那间，好像是天地间什么也都没了，时间也都没怎么过，好像十多年时间只是刚才的分分秒秒，我们都还在过去。

我，当然还有皮兔子，真真切切听见建国在说：

"老果子、皮兔子,真是你们俩?"

待我又喊一声"建国",声音从嗓子眼里迸出,水花四溅得很。

"老果子。"建国叫了我一声,脸上都是动的雪。

"皮兔子。"建国又喊一声皮兔子。

"建国,不,毛道。"我又说。

我们三个人紧紧抱在一起了,我胸口那地方忽然紧得不行,我仰了一下脸,张了一下嘴,好容易用一口气把那紧憋的一团打松了,又忽然觉得自己浑身有些软,我这才听见我自己的声音是人的声音了:

"建国,想不到你真在这里。"

"快进来。"建国已把手松开。

建国在雪里一跨,一跨,又一跨,雪真厚,人像是飞,在雪上飞。

我和皮兔子也跟着一跨一跨一跨一跨,却是从雪里往出拔脚,雪可真他妈深,山下就没有这么大的雪。

我们跟在建国身后几跨几跨几跨地进了屋,我走在最后边,我用了力,风真大,好像根本就不同意我把门拉上,我用力把门拉拉拉拉,好容易才拉上了,只觉自己在那一刻忽然变作了古人,在拉一张千斤的弓,把风雪总算是关在门外了。我们都在屋里了,屋里真黑。我们把身上的雪拍了又拍,脚下都是雪了,倒映得屋里亮了几分。

我说,"建国,你真不像是一个老道。"

"怎么选了个这天气来?"建国说。

"外头雪好大。"皮兔子也说，这实际上是句废话。

被关在了外边的风和雪此刻像是生了气，风卷着雪，"突突突突、突突突突"不知道是不是要把建国的这间小房子摇倒，是这个感觉，屋里亮起来，建国把灯点着了，屋里马上有了模样，什么什么都能让人看清了。我又说了句极其扯淡的话，我对建国说，"这么多年我们也没来看你。"建国就笑起来，笑声和过去没有两样，根本就不像个道士，道士的笑声是什么样我们也确实不知道。

建国说，"我就是想让人们找不到我才好。"

建国说话的时候我的眼睛才慢慢适应了，这个屋子太小了，一个炕就占去了整个屋的一大半，屋里乱糟糟到处都放着各种烂东西，那个乱真是没法说，炕上的被子也不知道有几条，乱堆着，而且像是纠缠在一起，我这才发现，好家伙，还有一个人在炕上头朝里睡着，只露着一个后脑勺。后脑勺旁边黄黄放着一个橘子。炕上的被子像是有几年都没有叠过了。建国刚才可能就在这个人旁边躺着。小屋的墙上钉了不少木橛子，密密麻麻，几乎每个橛子上都挂着一个塑料袋，每个塑料袋上都贴着一个纸条，上边还写着字。

"好家伙，还有一个人。"我小声对建国说，"不是女的吧？"

"男的，他跟我做个伴儿。"建国迟疑了一下，说。

"不是女的就行。"我说。

"你们坐你们坐。"建国说。

"小点声小点声。"我说，又回头看了一下那个头朝里还在安睡的人，这个人的睡功可真是好，我们说话的声音并不小，他一动不动地还在睡，是一动不动。

"饿坏了吧?"建国说。

"不饿不饿。"我说。

"待会儿可以喝点酒,我这里还有酒呢。"建国说。

"喝点就喝点。"我说。

"我看你们也饿了,先吃饭吧。"建国说。

建国开始忙着给我们做饭,那个土坯垒的灶在窗下,此刻像是要灭了,建国蹲下来,把嘴尖了对着灶口吹,又往里边加了柴,一把松毛,又一把松毛,地上堆了好大一堆松毛,建国又抓了一把松毛,刚被吹起来的火一时又给闷住,建国又吸足一口气,身子往后又一仰,再往前一倾,腮帮子鼓起,"轰"的一声,火光一闪,"噼噼啪啪"一时烟起,那烟亦是怪,一团,往上,又往下,紧在一起也不散,然后兜个圈子,一团地随着建国出去了。建国又出去了,不知去取什么东西。再进来时,建国手里多了几个山药和几根胡萝卜。我这才想起把带给建国的那些吃的东西赶紧掏出来。我一边掏一边对建国说这是烧鸡这是熏鸡蛋。当然,我还给建国带了点木耳和蘑菇,都用报纸包着,还有一包红糖,也用报纸包着。

建国说好久没吃到烧鸡了,"好烧鸡。"建国说。

建国已经扯了一条鸡腿,还没吃,就说,"好吃。"

我忙回头看看,那个人还在睡,这人的睡功可真好,我想问问建国炕上那个人是谁,别吵着人家,我还没问,皮兔子抢先问了。

"下雪天就数睡觉好,他怎么还睡?"

"是不是也是道士?"我小声说。

"你们猜?"建国说。

这让我们怎么猜？这个人头朝里，整个身子都给大被子盖着，只露出个后脑勺，这怎么猜？不过也该吃饭了。

"喊醒他吧，一起吃饭。"我对建国说。

"喊不醒的。"建国说。

"还有喊不醒的人？在这个世界上只有睡不着的人，哪还有喊不醒的人？"我看着建国。建国把身子往炕里探了探，把那条鸡腿轻轻撂在那个人的枕头边了。

"永远喊不醒的。"建国又说。

"哪会有这种功，这叫什么功，跟死人一样了。"我说。

"喊不醒，他睡了五年了。"建国看着我和皮兔子，两眼忽然亮起，像有光从里边闪出来，声音也像是忽然一下子飘到很高很高的地方去，但我和皮兔子还是听到了，"喊不醒，永远也喊不醒。"

我不懂一个人怎么会一睡就是五年，我真是一个天字号大傻逼，我还问，"怎么能一睡就是五年？这是什么功？"这可太好玩儿了，这是不是要比飞还有意思？一个人要是碰到了什么麻烦事，干脆一睡五年就好了，这么一想，许多人的脸就从我的眼前一闪一闪闪过，我爸和我妈，毛工程师，彭大眼的妈和他爸，工会李主席，还有姚姥爷陆老师，还有"二两酒"和更多的其他人，如果他们也能这么一睡就是五年就好了。

"一睡就是五年，当所有的麻烦事都没了，他们又会醒来了，那多好。"我对建国说。我痴着，两眼看定了建国，想问问这是不是道家练的另一种功？

"他是彭大眼，死了五年了。"

建国的声音像是一下子就飘到更高的地方去了，再飘就要听不到了。但我和皮兔子同时都听到了，我俩都大吃了一惊，都回过头，想不到彭大眼在这里，想不到躺在那里的人是彭大眼？睡了五年，不，死了五年了，怪不得他躺在那里一动不动。

"是彭大眼？"我说。

"对，彭大眼。"建国说。

"睡五年了？"皮兔子的声音也不对了。

"是死五年了。"建国说。

"你就这么和他睡在一起？"我说。

"那怕什么，我们从小在一起，他人都干了。"建国说。

"你就不怕？"皮兔子站起来了。

"那有什么怕，他是彭大眼，就这么睡我旁边，已经五年了。"建国说我一点都不怕，这有什么可怕？

"他一直就这么躺着？一直躺了五年？"皮兔子的声音有点抖。

"对，我们在一起，他也不孤单，我也不孤单……"建国的声音飘到更高的地方去了，我们的耳朵里，一时只剩下外边的风雪之声，门被吹得"突突突突"响，窗被吹得"浮浮浮浮"响。

外边的风可真大，打着旋儿地刮，一个旋儿，又一个旋儿，从地上旋起，到了天上就不见了，紧接着又一个旋儿，又从地上旋起，一直往上旋往上旋，旋到天上就又不见了，紧接着又来一个旋儿。我们要离开建国了，我们没提出要他坐在地上往起飞，往树上飞。我把几束热干面，还有猪油和酱油还有黄花木耳什么的都留给了建国。

下山的时候,我和皮兔子紧紧地抱在一起,我们忽然都没了话,天地间,忽然像是什么也都不复存在,我和皮兔子紧紧抱在一起,雪还没有停……

告诉你清明节我要去钓鱼

明天就是清明节了。

乔米和大治他们要休息三天,除了清明这一天的法定休息外,正好赶上了周六日,加在一起就是三天。几乎是所有单位都喜欢这么办,把三天时间连在一起让人们休息让人们去玩儿,倒好像是他们给了人们什么大福利。人们也乐意这样,三天足可以出去玩玩儿了,比如说,去比较远的地方。

乔米说他想吃点东西,等乔米离开窗口去了厨房,大治也从床上跳了下来,对面楼的许多窗口果然都亮起了灯,这是很少有的事。窗台上放着乔米正在看的一本小说还有乔米刚洗过的一双鞋,还在"滴滴答答"滴水。

这时乔米在厨房大声喊大治,要他过去,说这边楼的灯也都亮了。

他们都回来了。乔米在厨房里说。

我也有点饿。大治说。

乔米拿着一块放了好长时间的三角形蛋糕从厨房里出来。

我看还能吃，乔米说，这还是上次剩的，都硬了。

大治就笑了起来，说这你得想想办法，既然都已经硬了。

乔米也笑了起来。

你还不如泡个方便面。大治说。

我早吃烦了，乔米说，只要一想方便面胃里就冒酸水。

待会儿咱们下去吃。大治说，来瓶啤酒。

小区外边有两家小饭店，早上卖面条和馄饨还有油条，中午和晚上有各种炒菜，腰花肝尖儿什么的也都能炒，而且还炒得很好。

那两只猫也从厨房出来了，它们习惯了，只要一有人进厨房它们就会马上跟着去厨房。一只黑猫，一只虎斑，它们之间相差差不多有十岁。

乔米和大治合租这套房已经三年多了，三年前他们都找到了事做他们就来了。这个小区在城市里的最南边，再往南就是那条著名的河，但现在河里边已经没有多少水了，小区的北边靠着刚开始运行没几年的高铁站，这你就会知道这个小区离市区会有多么偏远了，所以乔米和大治没花几个钱就很容易地在这里租上了房，房子是两间卧室加一个客厅，当然还有厨房和卫生间，现在的房子都这样。因为这个小区实在是太偏僻了，所以这里的房子平米价格十分低，直到后来来了许多北京人，他们的出现让这个小区一下子热闹了起来也卖掉了不少房子，不是七套八套，而是几栋几栋地卖，这让当地人都很吃惊，他们不知道北京人为什么会到这地方来买房子，而且一买就几栋几栋的，直到最近，还有人从北京过到这边来买房子。这个小城离北京实在是太近了，高铁开通后只要一个多小时，虽然这样，到了夜里小区还是黑乎乎的，一栋楼只有几户亮着灯。那些买了房的北京人根本就不住在这里。但年年清明他们都会回来一趟。

你说这些北京人都是些什么人？大治说。

谁知道他们都是些什么人？乔米说。

这时那两只猫开始叫了，它们今天还没有吃到妙鲜包。

叫得真烦人，你说她们养猫干什么？乔米说。

她们真不应该每人都养一只。大治说，合养一只玩玩儿也就够了。

如果咱们不帮着她们照顾，它们怎么办？乔米说养宠物不是什么好事。

大治说，猫能坚持一个星期，把猫粮和水给它们都放好，它们能坚持一个星期，但恐怕到时候要臭死了，盆里的猫屎也许会堆满了。

乔米笑了起来，那两个姑娘，她们居然把这两只猫叫"老公"，抱着猫不停地叫"老公"，你说好笑不好笑，多亏是猫，要是狗可了不得了。

要是狗，而且如果还是大公狗，你想想？乔米说。

大治也笑了起来，说，那才可以是老公，现在那种事太多了，网上很多，都不稀罕了，一开始我都不信，想不到真还有，不结婚，和狗一起过日子。

猫怎么说也太小了吧。乔米又笑了起来。

真是太可笑了，把猫叫"老公"。大治又说。

乔米说的那两个姑娘也住在这套房子里。是这样，乔米和大治租下了这套房子，但他们觉得他们俩住一间，另一间空着也是空着，所以他们就把另一间出租了，这样会减轻点费用，正好那两个姑娘当时也急着租房。她们是亲姐妹，是河南新乡那边的人，她们也乐意和乔米大治合租，微信上聊了几次，讲好了价钱，她们就每人抱着一只猫来了，她们抱着猫这间房看看，那间房看看，嘴里还不停地说，老公你看看这间房怎么样？老公你再看看这间房怎么样？搞得大治和乔米跟在后边忍不住"哧哧"直笑。这一晃都两年多了，乔米大治和她们现在相处得还不错，有时候，他们还会在一起吃个饭，比如过这节或过那节的时候会包顿饺子吃，饺子皮是现成的，超市里可以买到，再买点儿肉馅儿，光肉馅儿还不行，还得再买些韭菜或芹菜什么的，小茴香也可以，问题是他们都喜欢吃这种馅儿的饺子，要不就是韭菜鸡蛋。他们兴致来了有时还会来个火锅，这个料那个料，羊肉鱼丸各种菜也都会来一点，他们还会喝啤酒，总之他们相处得不错。

我们那地方清明节没女人什么事。乔米说。

一个地方一个样。大治说。

到坟上烧纸都是男人们的事，跟女人没关系。乔米又说。

她们也许是去别的什么地方玩儿去了，大治说。青海昨天下雪了，挺大的。

有这种可能，但她们不可能去青海。乔米说，咱们明天做什么？想想看。

睡觉，我想睡觉，好好儿睡一个大觉，太累了。大治说。

待会儿我先洗个澡,身上都臭了。乔米在腋下摸了一把,放鼻子边闻了一下,又把手伸给大治。

你自己舔一下。大治说。

乔米就笑嘻嘻地把脚一下伸了过来,来来来。

大治把身子一闪,乔米就把脚趁势放在了大治的腿上,人躺平了。

明天就是清明了,钱没挣到,日子倒过得真快。乔米说。

清明节没他妈一点意思。大治说。

就根本不能叫做节。乔米也说。

只不过是一个节气,二十四个节气中的一个节气。大治说。

也没什么可吃的,乔米说,任何节日都离不开吃,只有清明节是个没什么可吃的节日,大不了吃个青团,青团有什么好吃,大不了蘸点白糖。

好在咱们可以睡懒觉。大治说我可能会一直睡到明天中午。

睡觉没意思。乔米说。

大治说待会儿我也要把鞋子洗一下,平时没时间,还有两三条裤衩。

我刚才洗你怎么不说一声,我一块儿就给你洗了。乔米说。

那你怎么不问我一声。大治说。

其实咱们应该去钓鱼,去钓一天鱼,怎么样?乔米忽然坐起来,看着大治。

乔米有主意了,去钓鱼,如果能钓到几条大的就冻在冰箱里慢慢吃。乔米说那个水库里的水真的要比去年大,小沟汊里还有很多的虾，用三角抄网就可以捞，虾这种东西刚捞到手你真不敢相信那是虾，以为会是什么水虫子，你肯定要过老一会儿才会明白那其实就是虾，就是这么回事，因为那虾太小太多了。

咱们去钓鱼怎么样？乔米又说。

大治却想起望远镜来了，他们出去钓鱼一般都会带着望远镜，但他此刻忽然想用望远镜看看对面的那些北京人都在做什么。这些臭北京人，他们回来过清明节，问题是清明节真没什么好过的。

大治对乔米说望远镜是不是在她们的屋里，我现在想看看那些北京人这时候都在干什么，这些臭北京人。

望远镜那天被她们拿去看花了。乔米说。

我透！看什么花。大治用手朝自己下边指指，她们最好看看我这朵。

那还不把她们吓坏。乔米大笑了起来，你那朵花也太魔幻了。

我们的花都魔幻，时大时小的。大治说。

她们那天说要看迎春花。乔米说。

迎春花有什么好看，黄了巴唧的。大治说望远镜的好处就是让你可以看到别人在他们的屋里做什么，但其实你想看到的场面一点都看不到，没人会把窗帘拉开让你看他们在干那个，你只可能看到他们在屋里走来走去或者是坐在电视机前一边打哈欠一边看那些烂到不能再烂的节目和电视剧，现在的导演都是一堆臭狗屎，黑人也拍到抗日剧里了，我透他妈的！这些个猪狗没学过历史！

说好了，咱们明天去钓鱼，行不行？乔米又说。

行吧。大治说，也许早就有人在钓了，长筒靴呢？

河水这几天也该涨了。乔米说。

那条河，除了冬天几乎天天都有人站在河里钓鱼，他们就那么站在水里，有人还会在水里放把椅子，一坐就是老半天，坐在河里。

你说这些北京人是不是也会去钓鱼？乔米问大治。

不大可能，大治说，清明节钓鱼还有点早。

这又没什么死规定，乔米说，咱们早点睡，明天早点起。

大治看着乔米，看着乔米的脚，乔米刚剪过趾甲，干干净净的，有时候，大治和乔米会互相给对方剪趾甲。那次是大治踢足球扭了腰，弯不下身子来，从那时候开始，他们会经常给对方剪剪脚趾甲。

那只黑猫过来了，蹲在那里看着大治和乔米，它有点犹豫，不知道是该跳上来还是不跳上来，它一直犹豫着，黄眼睛可真好看，它等着乔米或大治的一个手势。

你说钓鱼最让人兴奋的是什么？乔米拍拍沙发，说别人的兴奋我不知道，最让我兴奋的莫过是钓到一条大鱼遛它的时候，一直遛一直遛，一直把它遛到精疲力竭再把它拉上来，那才让人兴奋呢。乔米就又说起他钓那条十多斤大鱼的事来了，这件事乔米对大治说过好多次了。但大治还是愿意听他说，还让自己装做从来都没听过的样子。

不会吧，十多斤，那该有多么大。大治说。

这么大，不，有这么大。乔米把两只手张开，再张开。

但愿你再钓一条给我看看。大治说。

明天也许会交好运。乔米说，又拍拍沙发。

那咱们明天就去吧，听你的。大治说。

那只黑猫跳上来了，用头不停地蹭乔米的手。

好，就这么定了。乔米把身子在沙发上侧了一下，让猫再过来点，这么一来，乔米也正好可以看到对面楼那边，你说这些北京人都是些什么人？乔米又回头朝那边看了一眼，说他们真是太有钱了，买了房子放在这里不住，每年就回来这么一次，你说他们会不会都是一个单位的人，这些臭北京人。清明节有什么好玩儿的？

我看不会吧，不过也许他们都互相认识，大治说，他站起来，说，操他妈的望远镜呢？说，她们也许会把望远镜放在厨房的抽屉里。说，她们就是喜欢随手乱放东西。说，这俩小逼。

你说她俩是小逼？乔米说。

她俩就是小逼。大治说。

你这么说话是不是很过瘾？乔米说。

就是很过瘾。大治笑开了。

她们回来你可别说漏了嘴。乔米说。

小逼。大治又说，我挺喜欢这两个字的。

大治"噼里啪啦"去了厨房，开始在厨房里乱翻腾，把什么掉地上了，"哗啦"，又有什么掉地上了，"哗啦"。大治忽然在厨房里大叫了一声，望远镜真的是在厨房里放着。厨房里边可真够乱的，望远镜就放在一进门那个放菜的塑料架子上，上边有两个生了芽子的洋葱头，还有几个土豆也生了芽子了，还有一棵干了的白菜，她们总是把东西到处乱放。这其实谁都不能怪，他们都不怎么爱收拾这个家，因为这毕竟不是他们的家。现在好就好在乔米不再把那个东西到处乱扔了，有一次乔米还把用过的那个东西直接扔在餐桌上，真够恶心人的。

外边院子里有什么叫了几声，是狗叫。

乔米这时也跟着"噼里啪啦"过到厨房里来了，他一到厨房，那两只猫也马上跟了过来。黑猫在前虎斑猫在后，都竖着尾巴，既然要去钓鱼，乔米想看看明天钓鱼要用的那些东西，那些东西都放在吊柜里边，钓竿是放在吊柜的上边，只有那上边才可以放得下钓竿。乔米还打开冰柜看了看冻在那里的鱼饵，这还都是去年的东西，放在一个分成好几个格子的小塑料盒儿里。冰箱里还有半盒三角奶酪，大治这家伙挺爱吃奶酪的，喝茶的时候也要时不时吃一块儿。

乔米打开放鱼饵的盒子闻了闻，连一点味都没了。

别担心，化了就有了。大治说。

鱼的鼻子可灵呢。乔米说。

大治说一般鱼吃东西都靠眼睛而不是鼻子。

没有你这么胡说的，鱼还是靠嗅觉。乔米说。

大治踩着椅子把钓竿从吊柜上取了下来。

乔米开始在那里理钓鱼线，理鱼线有个专门工具，把一头儿穿过去就行。

我们明天去钓鱼了。乔米说，差点忘了，还有草帽。

但愿别像上次那样什么都没有钓到。大治说，在这儿，这个是你的。

你说这些北京人会不会也去钓鱼？我希望他们也去钓。乔米又朝对面楼看了一下，对面的每个窗户现在几乎都亮着灯光，这真是少有的事，因为几乎每个窗口都有灯光，这真是可以用"大放光芒"来形容一下。因为那些北京人一年四季几乎都不回来，买了房子不住就让它们空着,只放放骨灰盒,这事其实乔米和大治早就知道了,小区里许多人都知道,知道北京人在这边买了房子干什么,放骨灰盒。人们也都知道北京的墓地有多贵,这边的一套房子要比北京的一块墓地便宜多了,但许多人还是不相信北京人在这边买了房子只是用来放骨灰。

我先洗一下。乔米开始脱衣服,往沙发上扔,背心、短裤、内裤。

大治说,对面肯定看到了。

你以为人人都有望远镜吗?乔米说。

你那个还用望远镜吗?你都可以去非洲了。大治笑着说。

乔米去洗澡了。

大治开始趴在窗口用望远镜看对面的房子。

其实大治也只能从窗口看看对面的人在做什么。但对面窗里的人们几乎是没做什么,有人在屋里走动,手里拿着把扫帚,像是在扫地,有两个人坐沙发上说话抽烟还一边喝茶。因为屋子里根本就不住人,所以几乎每间屋子都显得很空荡,都没什么家具。乔米的望远镜是可以放大到五十倍的那种,这种望远镜总是让人有点晕,有时就不明白晃悠晃悠地对到了什么,得调老半天才能明白对到了什么。大治慢慢对着调着终于看清了,还是那张挂在墙上的照片,一张是男的老头,一张是女的老女人,照片下的桌上还放着两个盒子,看上去很精美,盒子前还放着一个小香炉,那种瓷的,香炉里插着香,香炉后边还有几个盘子,盘子里是水果,还有点心,还有酒,还放着筷子。但大治不想看这个，大治希望看到床，希望看到有人在床上做体操，最好是一男一女两个人同时做。但床上根本就没人。大治把望远镜又调了一下，他还想看看桌上的那两个看上去很精美的盒子，大治看清楚了，其实大治早就知道，那是两个骨灰盒，只有骨灰盒才会雕刻得那么夸张那么琐碎。这让大治多少有那么点不舒服，因为没人愿意没事看到这种盒子。乔米的望远镜又挪到另一个窗口了，屋里的那个人在看手机，这是个中年人，躺在床上，拿手机的那只手腕上还戴着一个什么串儿。大治把望远镜挪了一下，跟着就又看到了墙上的照片，还在老地方挂着，照片上的一男一女都老了，可能是这个中年人的父母，照片下边是两个盒子，那还能是什么盒子，真是没什么意思。这时候那个中年人有了动静，从床上起来了，去了另一间屋，但很快又回来了，又躺到床上去了，又继续看手机。大治希望能看到一点什么新鲜的东西，大治把手里的望远镜朝着对面楼扫来扫去，因为大治他们住六楼，所以他也只能看看对面的六楼和六楼下边的那几层。这下大治看到了，二楼这家比较热闹，够七八个人吧，正在围着桌子吃饭，看样子挺热闹的。大治看得很清楚，他们肯定是要的外卖，一般外卖不会接这个地方的单，因为实在是离市区太远了。但这家人肯定是叫的外卖，而且是火车站的外卖。他们围着那张桌子，桌子上是许多塑料袋，当然里边会是食物，还有就是放外卖食品的那种带盖子的透明塑料盒子，这样的塑料袋子和盒子几乎放了一桌子，围在桌子边上的人看样子都吃得很起劲。他们一边吃还一边说着什么，大治开始在心里想他们从北京来可能开了几辆车，最少得两辆，也许两辆都不够。这时有一个人站了起来，把一个放菜品的盒子里的东西夹了一些放在一个小碟里,当然是那种塑料碟子,然后他把手里的碟子放在该放的地方了,也就是放在了他们旁边的那张桌上,桌上有照片,有香炉,里边还点着香,总之是该有什么都有什么,当然还有两个骨灰盒,那个小碟儿就放在骨灰盒前边了。这些大治早就都熟悉了。说实话真没有什么看头。

大治去了另一间屋,他想看看那边的那栋楼。

乔米这时候洗完了,一边擦一边从卫生间里出来了,浑身湿漉漉的,大腿、肚子、胸脯、胳膊、腰、屁股,还有那地方。乔米的身子是既结实线条又好看。

真应该先吃饭然后再洗,洗澡这种事是越洗越饿。乔米说,他这会儿真饿了,他把手里的毛巾往茶几上一扔,开始穿裤子,抬起一条腿,伸进去,再抬起一条腿,再伸进去,他这么站着穿裤子的时候很稳很麻利。

你看到什么没?没什么吧?乔米问大治。

什么也没,咱们马上下去吃。大治说。

是吃完饭再洗才对,饿着肚子洗澡真不是个事。乔米又说。

明天你可以到河里去洗一下。大治说,只要你不怕冷。

我多会儿怕过?乔米说。

那你来个裸游。大治说。

啊呀我真饿了,乔米说,但愿待会儿有熘肝尖儿,熘肥肠,就是不知道这时候的肥肠和腰子还新鲜不新鲜,我现在特别想吃这两样儿。

我也想吃。大治说。

乔米和大治"噼里啪啦、噼里啪啦"下楼了,院子里的灯已经亮了,平常这些灯是不会亮的,但今天晚上亮了。

乔米和大治一下楼就又听到了狗叫,汪汪一声,汪汪又一声。

有人在垃圾箱那边遛狗,一个人牵了三条,三条狗的意见像是不怎么合,有的要朝这边走,有的要朝那边走,直到主人开始放声大骂,那三条狗才马上都变乖了。狗的主人笑着对走过来的大治和乔米说,人其实和狗差不多,你不骂它它就永远也不会听你的。

说得好。乔米说。

你们干什么去?狗的主人问,他认识乔米和大治。

去吃口东西,乔米说。

你看那边地上有个烟灰缸,好好儿的一个玻璃烟灰缸。狗主人说。

乔米和大治就看到那个烟灰缸了,就在路边,挺好的一个刻花玻璃烟灰缸。

可惜我不会抽烟。狗的主人说。

我们也不抽烟,乔米说。

肯定待会儿有人会捡它。狗主人说。

我想会的。大治说,又朝那个烟灰缸看了一眼,这是一个很大的刻花玻璃烟灰缸,很大,怎么会被人放在这里?

乔米和大治往小区门口走的时候,狗主人也跟着往外走,那三条狗现在变乖了,都老老实实跟着走。狗主人忽然又开口了,他对乔米和大治说,你们想不想养一条狗?养狗其实很好。

乔米看了一眼大治,因为他听见大治问了一句,公狗还是母狗?

不是这三条，狗主人说，是小狗，是秀秀下了一窝小狗，都一个半月了。

秀秀？什么秀秀？大治说。

这个，狗主人指指其中的一条，这条就是秀秀。

大治就"哈哈哈哈"笑了起来，我还以为是个人呢。

要不你们就挑一条吧，最好挑条母的，男人要养母的，女人要养公的，一般都是这样。狗主人说。

我们不养狗。乔米想要笑了，他想起了什么，但他忍住了，乔米对狗主人说，家里有两只猫，已经足够了。

大治却在一边大笑了起来，母狗好，好处多多。

那你们就来挑一条好不好？狗主人有点兴奋，他希望有人尽快把那些小狗弄走，那些小狗真是让人烦死了，不停地叫，不停地吃。

狗主人已经一直跟着乔米和大治到了小区旁边的饭店门口。

要不你跟我们喝一口？乔米说，这纯属是客套了。

秀秀，秀秀，操你妈个秀秀，你老是发情老是生，你老是发情老是生，你不停地发情不停地生，你害死我啦。狗主人不知为什么开始大骂那条叫秀秀的狗。那条叫秀秀的狗不知怎么挣脱了，朝小区里边一溜烟儿地跑。这回是，另外两条狗也拉着狗主人往小区里边跑，两条狗的劲儿不算小，绳子绷得可真够直的，这让乔米想到了阿拉斯加的狗拉雪橇。

乔米和大治站在小饭店门口大笑了起来。

你们笑什么呢？看你们这个笑。小饭店老板和乔米和大治都很熟，他从小饭店里探出头来，对乔米和大治说。

有肝尖儿和肥肠没有,我们饿了。乔米和大治几乎同时说。

还要啤酒。乔米说。

冰镇的。大治说。

吃完饭回去的时候,乔米和大治又看到了那个很大的玻璃烟灰缸,在小区的道边静静躺着,棱棱角角的地方反射着光,就好像它真是个什么宝贝似的。明天就是清明节了,这真是个没什么意思的节日,如果说它是个节日的话。

架空在浴盆之上

那一阵子，小特总是招呼朋友去他们小区看雪，他们那个小区离市区很远，要去就得开车，或者是搭什么人的车。这也真是够神奇的，别的地方不下雪，只有小特他们那个小区在下雪，问题是，大家都在同一片天下。所以，不少人一开始都还觉得很好玩儿，他们带上吃的，叫上朋友，有的还把孩子也带上，简直就像是在过节。天上根本就没有云，雪都是从造雪机器里喷出来的。但即使是这样人们还是愿意去看看，去玩玩。"过来看雪好吗？我们小区有雪。"小特在电话里几乎对所有的朋友都反复重复过这几句话。一开始，小特的朋友们都觉得莫名其妙，都觉得小特是不是得了什么病，怎么会胡言乱语？入冬以来小特和小特的朋友们待的这个城市根本就没下过雪。现在是，天已经转暖了，因为是北方，好像就更不可能下雪了。因为不下雪，气温就比往年高一些，放在外边的东西早早就化了。小特一般在过年的时候会买许多食品，肉类和蔬菜，还会包许多饺子，他和他的朋友们又是和面又是拌饺子馅儿又是包，小特很喜欢做这种事，饺子包好了就放在外边去冻，小特待的这个城市在北方之北，到了冬天屋外就是一个大冰箱，有什么就都放到外边去，都会被冻得像一块一块的石头。小特现在住在最高层，小特说自己不愿意总是感觉到有人在自己的头上拉屎，比如你蹲在厕所里的时候也许你上边也正好有人蹲着排泄，所以小特执意要住到最高层去。小特的那套房子北边和南边各有一个阳台。到了冬天小特就把各种需要冷藏的东西都放到外边去。南边的阳台可以放蔬菜，比如南方的朋友寄过来的竹笋。今年过年的时候小特收到了两箱竹笋，那种挺大的纸箱子。小特明明知道自己吃不了那么多，但还是不舍得把竹笋分一些给别人，就那么放着，直到放坏。还有猕猴桃，好几纸箱子，小特一天也就吃那么两三个。还有两大纸箱水仙花球，小特准备把它们分批分批地种在水仙盆里，这样就能总是看到水仙花。小特把这些东西都放在南边的露台上。小特南边的露台很大，甚至还接出了一间玻璃房，没事的时候，小特会坐在这里喝茶看书，看关于服装的书。当然这是天暖和的时候，有时候朋友们来了也会在这里喝喝茶，到了冬天，这个玻璃房就是一个保温室，怕冻的植物都会被搬到这里来过冬。出了玻璃房，就是大露台，夏天小特会在这个露台上养养花，为了省事他种了不少红色的天竺葵。到了冬天，这个露台也是小特放东西的好地方。这是南边的露台，北边呢，那个露台就更大。现在成了小特堆放杂物的地方，小特有一阵子想在网上开一个店，卖卖他从网上淘来的那些小玩意儿，所以这个阳台上有很多大大小小的纸箱子。小特是前年搬到这个小区的，虽然离市中心有点远，但开车还算方便，去飞机场就更方便。人们都知道这个小区盖的是有些偏远，所以房价就比别处便宜些，但即使是这样，房子还是有三分之二没有卖出去。小特对朋友们说老板李拔都急出病来了。没事的时候，小特会在阳台上一待就是两三个钟头，把两只脚架得很高，他想替李拔想出个主意来，帮他把房子卖卖，但他能想出什么主意，现在卖不出去的房子可是太多了。小特一动不动坐在那里看远处的山，有时候就那样睡着了，睡着睡着会忽然醒来，是鸟叫，那种黑色的鸟，叫声很尖锐，"吱喳——""吱喳——"，每叫一声都会翘一下尾巴。每到这种时候，小特都会起来看看那个盆子里的小米还有没有，如果没有他会去取一些来，那几只鸟，可以说不只是那几只，几乎是周围的所有鸟都知道这地方有米可吃，它们总是不停地飞来飞去，只不过那两只黑色的鸟胆子比较大，小特在的时候它们也敢飞过来啄食，小特起身去屋里取了些米来，放在盆子里，那两只黑色的鸟在盆子边跳来跳去，它们啄食的时候会把米从盆子里溅出来，那些溅出来的米又会被麻雀们收拾掉。小特看着那两只鸟，过一会儿就又睡着了，小特现在不用上班，小特父母给小特的钱够他花了。小特想过几年再结婚，或者干脆不结，小特的女朋友跟走马灯似的，换了一个又一个，但小特跟她们的关系都相处得很好。小特喜欢让女朋友住在自己的家里，有时候还会把家门钥匙给女朋友，但到了后来小特不得不一次次地换锁。最热闹的时候小特同时跟三个女友保持着那种关系，那可是既紧张又让人兴奋而且有比较，小特喜欢这么做，一般来说，许多人都喜欢做这种比较。但同时和三个女朋友交往，要把时间掐算好，这个女朋友什么时候来，那个女朋友什么时候走都要掐算好才不至于撞车。小特不是不想工作，是一直找不到理想的工作。小特的父母在海南做生意，也懒得管他的事。小特的父亲说现在的年轻人三十四五结婚最正常了，当然这是男孩子，女孩子最好早一点。小特对自己的父亲说，男人跟女人其实是没有感情的，小特还对父亲说自己不会爱上任何一个女人，小特这么说的时候小特的父亲就一直看着小特，说你不会是同性恋吧。小特说自己肯定不是什么同性恋，但自己最好的朋友都是男人，女人到了最后没有一个可以成为自己的好朋友。

"女人是低等动物。"小特对父亲说。

"这话别当你妈面说。"小特的父亲看着小特。

"我跟你妈分居已经好长时间了。"小特的父亲站起来，把地上的什么踩了一下，马上又说，说分居不对，是我们各睡一个房间。

小特眨着眼看着父亲，忽然笑了起来，"问题是，你才五十三。"

"有人说我像四十多。"小特的父亲坐过来，茶有点凉了。

"再说她也太胖了。"小特的父亲说，又说，不过她要是和李拔比其实一点都不胖，李拔怎么会那么胖，两年工夫胖成那个样。小特的父亲想笑了，终于忍不住笑出了声。"真不知道他是吃什么吃的。"

小特想想李拔，李拔可真是太胖了。小特很想想想很胖的女人是怎么回事，比如那个在服装商店工作的女孩，小特和她有过一次，小特想把细节想清楚一点，结果是什么也都想不起来，这种事就是这样，再说父亲坐在旁边让他也没法好好儿想这些事。

"女人太胖不是什么好事。"小特的父亲说。

"男人胖也不好。"小特其实不知道该怎么接这个话，看着父亲。

"说实在的，李拔怎么回事。"小特的父亲比了一下，把两只手撑开，"猪！"

小特觉得不对劲,背后这么说一个人好像不好。

"要不晚走一天看看雪?"小特对父亲说。

"你让东北人看雪?"小特的父亲就笑了起来,说雪救不了李拔的命,这房子盖得可真不是地方,也太偏了,人造雪也救不了他的命。

李拔是父亲的老朋友,小特七八岁的时候就认识他了,所以小特现在才住在这个小区。父亲每次回来都要去看看他,有一年多了,李拔为了房子的事,总是躺在那里,一天到晚什么地方都不去,没人知道他在想什么。而且还总是一边想事一边吃东西,还总是说昨天没吃好或者是中午饭吃少了,或者说巧克力是人体必需的,就又来一块儿。

"谁会到这地方来买房子?"小特的父亲说,错就错在李拔当时没听自己的话。

"别说了,李拔都快绝望了。"小特说。

"你应该叫他叔,你怎么也跟着叫李拔?"小特的父亲说这样不礼貌。虽然,这里的人们都管李拔叫李拔,全是因为那次小区露天放了那个电影,那个电影叫《不一样的天空》,德普演的那个角色就叫李拔,李拔的女朋友叫碧姬,这可真是太好笑了。

"我当着他的面不会这么叫的。"小特说。

"因为有人造雪人们就会来这里买房子吗?"小特的父亲说。

"爸你说你和我妈分居,你那个,那个,现在怎么样?"小特突然说。

"你太直接了吧,我是你爸。"小特的父亲说。

小特就笑了起来,"反正你是胖了。"

"可是总有人说我像四十刚出头。"

小特的父亲把托盘拉了一下，在里边找松子，他喜欢吃松子。

"我什么时候带你去钓鱼。"小特的父亲说也许能把去年那条鱼再钓上来，那条鱼可真大，大鱼其实不好吃，跟豆腐似的。

小特的父亲这么一说小特就想起那条鱼了，那条鱼可真大，鱼背是黑的，在阳光下又有那么一点点暗绿，肚皮却是白的，有点晃眼。那次小特和父亲费了好大的劲才把那条鱼钓上来，一直沿着湖遛了老半天，把湖底的泥都翻了起来，那条鱼简直要把小特和他父亲遛死了。结果父亲还是把那条鱼给放了。鱼先是往水里沉了一下，然后摆着尾巴沿着湖边游。小特的父亲说这家伙是不是给遛晕了，后来它还是朝湖中心的方向游了过去，一边游一边下沉，你说这条鱼该有多大。

"那个湖，"小特的父亲说，"水是越来越少了。"

"要不明天就去吧，咱们再把它钓上来。"小特说。

"是个好主意。"小特的父亲说。

快到吃饭的时候，小特的父亲说，"我其实一点都不饿。"

"但你从来都不少吃。"小特说，看着送外卖的把放饭菜的盒子一个一个摆在桌上，一堆，可不少。这个小伙子有点不耐烦。小特侧过脸盯了他一下，这个小伙子手脚就轻了些。

"你多吃点鱼，少吃红烧肉。"小特的父亲对小特说。

"晚上过去看刘建国也许还得再吃点什么。"

这你就知道了吧，李拔的真名其实叫刘建国。

"把他也拉上。"小特说他也许对钓那条鱼有兴趣，他应该活动活动。

"谁也不知道他有多长时间没有出过门了。"小特的父亲说。

"他一天到晚就总那么躺着。"小特说。

晚上，小特和父亲去了李拔那里，自从房子销售不好后，李拔基本就不出门了，李拔在长沙发上躺着，几乎是，他那么一躺，就会有半个身子掉在沙发外边，李拔的身子太胖了。李拔的屋里放了不少书，楼梯上也是书，其实是些杂志，每一层楼梯靠墙的地方都有一摞书，但都是些过期的书，两三年以前或者是四五年以前的书。李拔没事就总是躺在电视对面的那张大沙发上，沙发上放着几本书，李拔没事就翻那几本书，已经三四年了，那几本书就没有换过。其中有一本《海底两万里》有时候小特进来的时候李拔就一下子把那本书拿起来装着在看，或者他有时候在沙发上睡着了，脸上就总是盖着这本书，也就是说李拔从来就不看书，来李拔这里的人也不在乎李拔看不看书，有时候人们能听见李拔在大声说话，和什么人吵起来了，其实他是在和手机吵。操他妈！有时候李拔会无缘无故地就骂起来，但他从来都不跟小特发火，小特小的时候李拔就很喜欢小特。李拔对小特说，"你看，空气都是给他们弄坏的。"李拔用手指着西边小区门口的那家饭店，那家饭店有个很粗大的排气筒正在往外吐着淡蓝色的废气。

"制造废气，人活着其实都是在制造废气。"李拔说。

"我要去趟昆明。"

小特一进门李拔就对小特说,然后才对小特的父亲说了一句你来了。"茶是刚沏的,我现在喝生普。"小特坐下来,坐在李拔旁边的那个沙发上,说为什么突然要去昆明?有比昆明好玩儿的地方。李拔说昆明那边有一个人,见过一次面就忘不了啦,"不知怎么回事,我觉得他上辈子可能是我老婆。"

"男的还是女的?"小特说。

"男的呗,我一见他就觉得跟他认识有一百多年了。"

小特的父亲就在一边哈哈哈哈笑了起来。

李拔说你笑什么笑,我就觉得他上辈子是我老婆。

"那你就去吧。"小特父亲说。

李拔指了指茶几上的香烟,要小特递一下。

小特把香烟给李拔拿过来后李拔又指了指打火机,那是个黄铜打火机,感觉像是古董,小特把打火机递给李拔,李拔又指指烟灰缸。李拔说,"其实啊,我现在别说是去昆明了,有时候连走一步都很困难。"李拔点烟的时候动作很慢,他终于点着了一支烟,雪茄。然后才跟小特的父亲说话。他们是老朋友,所以,很快就又说到了李拔的女人身上。李拔的女人离开李拔有一年多了,他们不是离婚,而只是不住在一起,李拔的女人说再也忍受不了李拔的胖了,她担心他哪天一不小心翻身会把自己给压死,更别说开了这么一大片房子还总卖不出去,简直是让人受不了。李拔的女人之所以能这么说李拔是因为李拔是靠岳父起家的。李拔的岳父在一家国营煤矿当矿长,这就什么都不用说了。朋友们都明白是怎么回事。李拔的老婆总是和李拔吵,朋友们都烦了。其实最烦的应该是李拔的老婆,李拔胖还不说,还打呼噜，那可是太响了。李拔到底有多胖？李拔老婆要是和李拔睡同一张床，非得坐起来才会达到李拔侧卧的那个高度。

"这个季节去昆明是不错。"小特的父亲说。

李拔说他昆明那个朋友刚刚失业了，原来在一家报社上班，忽然就不去了，最近在昆明找事做，昆明就那么点儿，不好找，我就想跟他过去待两天。李拔点烟，把烟好容易点着，李拔指了指，要小特把茶几上的杯子拿过来，他又要喝口水。

"你要多出去走走，要减减肥，人太胖不太好，心脏受不了。"小特的父亲对李拔说天已经暖和了，多活动活动。

"我什么事都没有。"李拔说，往嘴里又塞了一颗巧克力。

现在已经没人当着李拔说卖房子的事了，小特和父亲就找些别的话说，说这个时候湖水的颜色可真好看，就像咱们以前在西藏看过的那种颜色，咱们要不明天去看看湖？小特的父亲看着李拔。而李拔却忽然想起了那只黑猫，李拔这里原来有一只特别漂亮的黑猫，小特的父亲喜欢黑色的猫就把它抱走了。李拔说，那只黑猫现在在海南怎么样？小特的父亲当然不便说那只猫有一次被小特的母亲用吸尘器用力地打了一下，结果那只猫的脊椎就给打断了。真是太巧了，那只猫后来居然还又活了一阵子，就是不能再跳来跳去，只能爬行。

"那只猫挺好。"小特的父亲说怎么样，咱们到湖边去走走，咱们一起再把我们去年钓过的那条鱼钓上来。李拔知道这回事，说那条鱼也许早被当了下酒菜。

"不会吧，我有预感，它还活着。"小特的父亲说。

"去吧，刘叔。"小特也说。

"你要是去我就去做准备,看看鱼钩什么的。"小特又说。

李拔又伸手拿了一颗巧克力,"明天吗,明天小区要下雪。"

"下雪也没关系,有人去操控就行。"小特说。

"好吧。"李拔说,他要坐起来了,李拔坐起来的时候小特和小特的父亲把脸同时都仰了起来,都听到了一种声音,好像是一个很大的水床被人翻了一个个儿,是那种声音。李拔站了起来,说要洗一个澡,否则那条鱼会被我熏跑了。李拔站起来只是为了把裤子抖抖,因为长久坐在那里,裤腿都滑了上去。李拔把裤子抖了抖又坐下了。小特和小特的父亲就又听到了把水床翻了一个个儿才能发出的那种声音。

"洗个澡。"李拔说洗澡可不是件轻松事,我现在这个样子。

小特把他那些钓鱼用的东西从车库取出来都已经是半夜了。在此之前小特给几个朋友打了电话,告诉他们明天自己不在,你们就自己看自己玩儿吧,想堆雪人的可以堆雪人,就说我说的。小特告诉他们他要去钓鱼了,这是今年第一次钓鱼。问题是,我们要把去年钓上来的那条大鱼再钓上来,那条鱼可真大,估计现在更大了。说这话的时候小特突然又想到了李拔,小特对着镜子用两手量了一下自己的腰围。这时候小特的父亲在洗澡,哗啦哗啦的声音。小特忽然笑了,小特想,要是真的钓到那条鱼,其实不用遛它,只要把钓鱼线在李拔的身上缠几圈儿就行。这么想的时候小特突然笑了起来。小特对着门后边的大镜子又用两手量了一下自己的腰身,小特估计自己三个加起来也不会有李拔那么粗。

小特去了厨房，他给自己找了一袋巧克力，那袋巧克力已经撕开了，他开始吃巧克力。吃巧克力的时候小特一直想着李拔。后来小特还去称了一下自己，那个体重秤用了已经很长时间了，还是当年李拔送的，李拔当年对小特说你年纪轻轻就有胖的趋势，你做什么都可以就是不能让自己胖，小特一直用这个体重秤给自己称体重。吃完巧克力，小特称了一下自己，小特准备明天早上起来再称一下，看看吃一袋巧克力到底会增加多少体重。

"以后少吃。"小特看着那个巧克力空袋儿，对自己说。

小特想给李拔打一个电话，告诉他自己吃了一袋巧克力的事，但电话打不通。李拔那面没人接。隔一会儿小特又打了一回，还是没人接。

"早点睡吧。"小特的父亲这时洗完了澡，一边擦头发一边对小特说明天最好早点起。小特的父亲要到楼上去睡，他习惯睡楼上，上楼的时候小特的父亲顺便给自己提了一暖壶水。小特的父亲发现楼上的东西还像去年那样摆着，一盒绿茶，还有那一铁筒红枣，这说明小特好长时间没有收拾家了，也没去动那些东西。

"真不知道这地方有多少螨虫。"小特的父亲检查了一下枕巾，又把枕巾拿到窗口去抖了抖。从三角形窗子望下去，小特的父亲可以看到下边四层那家人的男人在厨房里洗碗。这家人的男人总是在那里洗碗，小特的父亲已经看到过好多次了。真不知道这家人家的女人干什么去了。小特的父亲给自己点了一支烟，他把烟一口一口都吐给了枕巾，据说这样一来会杀死螨虫。小特的父亲那天看一本健康杂志，上边讲酒糟鼻子都是因为螨虫钻到了人的皮肤里。小特的父亲对着镜子看了一会儿自己的鼻子，用那把小剪子把鼻毛剪了一回。又用小镊子把一根白眉毛拔了下来。

睡之前，小特的父亲又下了一趟楼，他一边喝奶一边问儿子，李拔明天到底能不能坐进他们的小车里。"我担心他没办法挤到车里，他那么胖。"

"他实在是太胖了。"小特的父亲说，"我担心他迟早会出什么事。"

想不到，李拔果真出事了，就在他们要去湖边的那天早上。

直到后来，李拔还接连问了好多次那天早上的事，他好像不太相信自己会出那种事，又好像是被自己吓坏了，李拔的嘴张得老大，坐在他对面的小特很吃惊李拔怎么会有那么大一张嘴，人胖了嘴巴难道会变大吗？那么大一张嘴，但事实上确实如此。李拔连连说怎么可能？李拔看着小特，怎么会有那种可能？李拔又看着小特的父亲，说，"怎么会有那种可能，太可怕了，我怎么可能会在那地方睡着。""问题是，"小特说，"你就在那地方睡着了，当时可把我们给吓坏了。"小特说这话的时候忽然笑了起来，小特看了看父亲，小特的父亲也笑了起来。他们当然不会忘掉当时的情景。那是第二天早上的事，他们收拾好了渔具去了李拔那里，结果是在李拔的卫生间里发现了李拔，李拔仰面朝天躺在浴盆里，准确地说，李拔是把整个身子架空在浴盆上。那个浴盆其实不小，但因为李拔就显得小了。李拔可实在是太胖了，他的身体已经完全无法躺进浴盆，要是能躺进浴盆的话，李拔也许就不会再在人间了，李拔的身体，怎么说，严格地说是架在浴盆之上。小特和小特的父亲在走进浴室的一瞬间都以为李拔死了，李拔的样子真是有点可怕，但李拔仅仅是睡着了。因为小特和父亲马上听到了李拔的鼾声。

"你就那么睡着了。"小特的父亲说，"你架空在浴盆之上。"

"你真是就那么睡的。"小特也说。

"你好在是架空在浴盆之上，"小特的父亲说，"你该换个特号浴盆了。"

"你怎么就那么睡着了？"小特说。

"太危险了，你要是不小心一下子滑进浴盆我们就谁也别想再看到你了。"小特的父亲说。

"问题是他永远滑不到浴盆里。"小特大笑了起来。

"我要去昆明看那个朋友，因为他比我还胖，他失业了。"李拔突然说。又说，"他比我还胖。"

车向那个湖开去的时候，李拔一路没话，他好像是不会说话了，又好像是他被车座挤住了，说不出话来了，总之他一路没话，看上去他很不开心，小特开着车，车向那个湖开去，小特的父亲也没什么话。其实小特的父亲想找出话来，但他实实在在找不出什么能够让李拔开心的话。最后小特的父亲说，"房子迟早会卖出去，这个你别担心。"

李拔在吃什么，他不知什么时候又找出了一袋巧克力。只有李拔自己明白，他自己心情不好的时候只有巧克力能安慰他，这很奇怪。

"下雪了。"小特的朋友这时给小特打来了电话，说他们这会儿都在小区里玩雪,雪很好玩儿。但他们都不打算在这鬼地方买房子。

好好玩儿。小特侧过脸看看李拔,只说了这四个字,忽然就觉得自己再也找不出什么话可说了,然后他就把电话放下了,就这么回事。

不过是一种爱好

喂完那两只满地乱爬的宠物小龙虾,老布不知道接下来该做什么了。

老布想起来了,自己上小学的时候,同班徐健就穿着那么一条女式裤子,当时徐健正在单杠上,两只脚朝天,上衣就滑了下来,他们就都看见了徐健穿了一条女式裤子,女式裤子的开口在侧面,要是男生穿上这种裤子上厕所往出掏会很别扭,当时他们就都叫了起来,从那以后徐健就不再玩单杠了。

"男人是不能穿女人衣服的。"老布对着墙上的妻子照片说。

墙上老布妻子朱兰的照片被窗外打进来的阳光搞得半明半暗,所以看上去一只眼睛大一只眼睛小,这很怪。照片不会说话,照片只会静静地待在墙上。好像是,这会儿她特别听话,老布说什么她都同意,她笑眯眯地看着老布,一点点脾气都没有。其实她脾气大得很,她去世的时候,老布甚至还在心里松了一口气,也只有老布才能听到自己在心里说,从今往后总算没人对自己发脾气了!因为朱兰,老布甚至都想过要娶个哑巴女人过日子。

老布不说话，也不想吃，外卖像是连一点点味道也没有，老布要的是一个八寸的比萨，还要了一份香煎银雪鱼，放在一个不大的纸盒子里，还有那种密封在小塑料袋里的番茄酱。但老布现在没有胃口。昨天晚上，儿子开门的一刹那间他根本就没认出站在门里的就是儿子，一切都不再是传言，一切都是真的。也许全世界的人们都已经知道这件事了，而最后一个知道的才是他老布，虽然有人对他说过也暗示过，但老布根本就没往自己儿子身上想。春天的时候就有人对他说了些事，说小区里到了后半夜总会有个漂亮姑娘出现，但其实那不是个姑娘，后来还又出了别的事，好像是有两个坏人跟上了这个姑娘而到后来那两个坏人却被吓跑了，因为那个姑娘被逼急了，她已经没了退路，被逼到小区最南边的那个小亭子里，那时候已经不可能会有人到那种地方去活动，所以能出什么事谁也不知道，那姑娘说自己是个男人，那两个坏蛋还不信，被逼到最后的那姑娘——就说那是个姑娘吧，只好把自己的真凭实据给亮了出来，这真是够让人好笑的，那两个坏人自然是被吓蒙了，他们想不到会是这样，他们落荒而逃了，他们跑的时候差点撞在草地上的那个大理石雕像上。老布不相信那个漂亮姑娘会是自己的儿子。很长时间了，老布都没到过儿子的家，老布没事从来都不来这里，虽然他们是同一个小区。而这天老布家里水管裂了，是半夜，他不得不去找儿子，让他赶快过来帮一把，因为儿子的手机怎么也打不通，老布去敲门，门开了，老布大吃一惊。

门里站着一个姑娘，再细看，老布叫了起来。

老布的出现也把儿子吓得够呛。

老布的儿子完全忘了自己身上都穿了些什么，他已经习惯了，周六日会把自己关在屋里换上女装走来走去，晚上一个人在家他也会换上女装走来走去，裙子啦，花上衣了，围巾，高跟鞋。他没别的爱好，这也许就是他的爱好，他自己也不知道自己怎么就会有这种爱好，一开始还能忍住，现在简直是不这样就不行了，他已经管不住自己了，老布的儿子没有多少朋友，老布的儿子知道自己的朋友其实就是自己；那个回到家马上就要换上女装的自己，一旦换上女装他就觉得自己像是换了个人，其实他也没有别的毛病，就是喜欢换上女装给自己看。他甚至还有一个女朋友，他会定期和她来那么一下，那个女朋友是个画画儿的，日子过得挺浪漫，她也知道他的这种爱好，居然还陪着他去超市看女式衣服，她认为这没啥，她认为这就是她男朋友的与众不同，他们在超市里转来转去看来看去，没人知道那是给他买而不是给她。

"我喜欢你这种神秘。"老布儿子的女朋友这么说。

"人多少要有点神秘。"老布的儿子说。

老布的儿子我们自然叫他小布，小布就是这样一个有着特殊爱好的人，他把自己关在屋子里，换上女装，他就满意了。小布的房间里有许多面镜子，一进门，门后边一面，再进去，靠着卧室的走廊尽头又是一面，厨房出来就是小餐厅，里边又是一面，这就够了，这就能够让小布从各个角度观看自己。

"你来之前为什么不打电话？"

这么晚了，小布以为是女朋友来了，想不到是老爸。

"这么晚你来干什么！"小布大声对老布说。

老布坐在那里，对着墙上的照片，对着他的妻子朱兰，"我根本就没想到那就是你儿子，你说你生了个什么儿子！"刚才，老布还把那个大纸箱子给拖了出来，里边都是儿子小时候玩的旧玩具。这些旧玩具是老布爱人的收藏品，一直收藏着，收藏了有好多好多年了，这些旧玩具让老布想了许多事，许多事就像是发生在昨天。老布很想好好儿把儿子的事想一想，到底怎么回事？从小他也没有这种倾向？那一箱子玩具不是汽车手枪就是坦克飞机，没一样玩具是可以让女孩子感兴趣的东西。老布现在吃饭不在餐厅，他喜欢待在电视房，老布的老伴儿活着的时候他们就在这间屋里看电视，电视对面有张大沙发，妻子的大相片就挂在一进门的那堵墙上，相片下边还放着一张小桌子，那张桌子上正好放盘子碗，桌子上还放着一个很大的金属盘子，盘子上蒙了一块白蕾丝边的苫布，这块苫布原来是苫在吹风机上，老布的妻子去世后老布就把它蒙在了盘子上，盘子里放着药瓶，各种药瓶，还有放酒精的小瓶，还有一个雾化器，是妻子用过的，还有温度计和一个电子量血压的玩意儿，都放在盘子里，妻子去世后就一直放在那里，就好像妻子还活着，好像她随时都会回来，随时还会做什么治疗。

老布对那些东西太熟悉了，看见那些东西好像看到了妻子朱兰。

"你说到底是怎么回事？"老布对墙上的妻子说，小声说。

"小布怎么会变成这样？"老布对着墙上的照片说。

两只小龙虾中的一只爬过来了，举着它难看的大钳子。

一连几天了，老布总是翻来覆去想一个问题，他把小布从小到大几乎想了一个过儿，小布是个很听话的孩子，话不太多，也没见他有什么异于常人的地方，比如喜欢花衣服啊，或者是喜欢女孩子才会喜欢的东西。这些事都没有，小布小时候爱踢足球，那时候他的两条腿上就总是伤，紫药水，绷带。脚真臭。再大一点的时候小布喜欢上了吉他，老布还给小布买了一把，只不过是小号的那种，不是老布有意给小布买小号的，是老布根本就不懂，不懂吉他还有大小号之分。那时候小布就总是爱拿上吉他到街边去弹，就坐在粮食店的门口，粮食店的墙不知从什么时候起被粉刷成了那种好看的蛋黄色。靠着粮食店的那个百货店也是蛋黄色，小布就坐在蛋黄色里弹他的吉他，小布是无师自通，所以会的曲子并不多，《剪羊毛》算是一首。那把吉他，是小布的最爱，他把它挂在他睡觉的床边墙上。有一天晚上，小布被吉他的声音弄醒了，没人弹动吉他，吉他自己就响了起来。而且响得很亮。后来人们才知道是离这地方很远的地方地震了。据说还把一座教堂的尖顶给震了下去，这真是够怕人的。那一阵子，小布把墙上的吉他自己响起来的事到处去对别人说，乃至老布觉得儿子是不是有什么毛病。

老布觉得自己那一刻肯定是疯了，老布现在已经不年轻了，一般不会冲动了，但那天他冲动了起来，儿子怎么可以这样？怎么可以这样？他一下子就冲进了儿子的屋子。也不管自己那边的水管裂不裂了，老布是气晕了，他把儿子的所有箱箱柜柜都翻到了，老布太吃惊了，儿子这里，居然会有那么多女装，居然还会有女式内裤和乳罩。老布把它们都塞到一个大蛇皮口袋里。儿子就一直站在那里看着他，用双手抱着自己，儿子也蒙了，不知道自己该怎么办。

这会儿那个蛇皮口袋就放在那个放玩具的大纸箱子旁边。

操他妈的！老布觉得自己应该把它一把火烧掉。

"我要告诉他男人不能穿女人的衣服，男人不能把自己打扮成女人。"老布对墙上的妻子说，"男人就是男人女人就是女人，一半男人一半女人不对，男人装女人也不对。"直到现在，老布还没听过什么地方有女人装男人的事，女人要想装男人也不对。这话，一连几天，老布不知对着墙上的妻子说了有多少遍。老布觉得自己现在多少有点孤单，和墙上的妻子说话，和那两只满地爬的小龙虾说话。他把小龙虾喜欢吃的生菜叶子扔得到处都是，然后大声说，"让你们吃，让你们吃，一天到晚只知道吃！"或者是，"这么好的生菜你们都不好好吃，这么好的生菜你们都不好好吃，你们到底想吃什么？"有一次，是夜间，老布去卫生间小便，一不小心踩着了小龙虾，那只小龙虾正举着它难看的大钳子在地上乱爬，老布把小龙虾的两只腿给踩掉了，老布以为这下子那只小龙虾要死了，想不到没过多久这小龙虾又长出两只腿来。那一阵子，老布把这事几乎告诉了每个认识的人，"猫不可能吧，猫要是掉一条腿不可能再长出一条吧。"老布说养宠物就要养龙虾这种东西。

老布出去了，他觉得自己在家里憋得慌。前几天，他在院子里走的时候鞋底突然掉了，他觉得应该给自己买双鞋，脚上的那双不能再穿了。超市里人很多，很嘈杂，老布不知道自己怎么就站在了女装那里，而且是面对着花花绿绿的女式内裤和乳罩。那个服务员冲着老布笑了好一会儿，老布才明白自己是不应该站在这种地方，老布没有买鞋子，就那么又急急忙忙回来了。天气很好，阳光也很好。然后，老布就又坐在沙发上了。但他马上又激动了起来，为自己的一个念头。

"何不体验一下？"老布听见自己对自己说。

老布去看了一下走廊门，门关得好好的。

门一关上，门后边的那面镜子就露了出来。

老布看见自己在解自己的皮带。

"体验一下看看，体验一下看看。"老布听见自己说。

老布一直都没发胖，他甚至要比他儿子还瘦。

老布从儿子那里拿来的那一大口袋衣服里挑了一件连衣裙。

"这会有什么？这会有什么？"老布说。

"这简直是不可思议。"老布听见自己对自己说。

老布已经把所有的窗帘都拉上了，所以屋里很暗，老布把灯打开，老布对着镜子看自己，连衣裙被老布穿在了身上，但老布觉得一点点都不好。

老布看着镜子里的自己，忽然大笑了起来。

"为什么？怎么回事？"老布说。

老布看着自己在镜子里往前走，往后走，转了一个身，往这边转，又转了一个身，往那边。老布看着自己在镜子里把两条胳膊在胸前交叉了起来，然后不动了，老布就那样一动不动看着镜子里的自己。

老布看着镜子里的自己把身上的连衣裙脱了下来，一丢。

"没一点意思。"老布对自己说。然后洗澡去了。

"没一点意思。"老布站在淋浴喷头下，对自己说。

"儿子为什么要这样？"老布问自己，又打了一次洗发露。

老布想自己待会儿是不是应该去上网查一查,查一下男人穿女人的衣服是什么毛病。或者是,自己该问一下什么人,比如问一下刘远军,刘远军是大夫,小时候和老布玩儿大的。他们一直都很亲密,他们有一阵子连洗澡都在一起,刘远军的父亲是个医生,家里有许多医书,那时候老布就总是把那些医书借来乱看,主要是在书里找生殖器的图片看,或者是找关于性的内容看,一边看还一边手淫。老布那时候总是对自己说白天不要做这种事,最好留在晚上再做,但老布就是管不住自己。

老布的朋友刘远军吃中午饭的时候接到了老布的电话。

"我在吃饭。"刘远军在电话里说他刚刚做完了一个手术。

"你们食堂的饭根本就不能吃。"老布说。

"我在面馆给自己要了一碗肥肠面。"刘远军说。

"是不是有什么事?"刘远军问老布有什么事。

老布就突然改了主意,说没事,没什么事。

"最近睡觉怎么样?"刘远军说,"那个药怎么样?"

老布说现在睡不着的人可太多了,晚上一两点看看手机,想不到会有那么多睡不着的人在那里发微信。老布打电话的时候从窗口朝下看了看,楼下的邻居在下边洗汽车,用水龙头。

"你看小布怎么样?"老布说。

"是不是又要介绍对象?"刘远军说现在谁还用介绍对象,都自己搞,合适了就先上床。

"我们算是想到一起了。"其实老布是想说说儿子穿女人衣服的事。

"我想的跟你不一样,我觉得你倒是应该找一个了,趁着你现在还不算老,还能来得了那事,要知道男人和女人的感情都靠那一下,如果再老几年你连那也做不了你就不能再找了,你趁现在还行就抓紧找一个,你总不能自己一个人过下去。"

"我无所谓,我自己能照顾自己。"老布听见自己说。

"你别这么说。"刘远军在电话里说。"趁着你现在还行。"

也许,老布觉得自己要说了,要把儿子的事对刘远军说一下。"也许那小子根本就不想结婚,"老布说,但老布知道自己更想说的是儿子穿女人衣服的事,这种事不对头,太不对头了。

"结婚也真没劲。"刘远军突然在电话里说,又说,"结婚其实是一件很可怕的事。"刘远军不止一次对老布说过他十分怀念在非洲的日子,一个人真是自由,刘远军喜欢喝咖啡就是在非洲养成的一种习惯,刘远军对老布说,只要一喝咖啡,就好像是又到了非洲,只要一闻到咖啡的味道心情就好了。有时候,老布在超市里会给刘远军买一瓶咖啡,买咖啡的时候老布在心里想是不是刘远军和妻子的关系有什么事。老布还问过刘远军,刘远军说他和他妻子会每个星期做一次,"这说明我们的关系还可以,如果一次也不做就说明有问题了,我们很好。"

"你怎么不说话?"刘远军在电话里说,"太难吃了,这里的面条太难吃了。"电话里"砰"的一声。

刘远军说话的时候老布想起了那个比萨。

"其实你应该叫个比萨吃,八寸的就够了。"老布对电话里的刘远军说,朝下边看了一眼,楼下的邻居已经洗完了车,正在往起收他的胶皮管子，用那么一个很大的滑轮，那个人一只手转着滑轮的柄，人就随着胶皮管子消失在楼道里了。这个人就住在楼下一层，有时候老布会在南面的阳台上朝下看一看那个人种的花，但是今年春天来的时候下边的这个人在院子里种了不少菜。有一次老布在院子里碰到了这个人，这个人给了老布两根粉红的水萝卜。"现在我们都吃不起菜了，菜一天比一天贵，操他妈！"这个人对老布说，又说现在活着其实没什么意义，"房子听说也要打税了，操他妈！"这话把老布吓了一跳，知道他在骂谁。有时候老布在南边的阳台往下看，会发现这个人正在下边他的院子里躺着，脸上扣了一个草帽，好像是睡着了，又好像还醒着。

"哪天你请我吃比萨吧。"刘远军在电话里说。

"十寸的，咱们两个就够了。"老布说，才三十多块钱。

"明天吧，怎么样？"老布说。

刘远军说明天还有手术，"这几天手术排得很满。"

老布又朝下看了一下，下边的那个邻居不见了，可能已经回到他的屋子，在屋子里又在鼓捣什么，也许在南边的小院里，老布去了南边阳台，那个邻居果然在南边，在那把躺椅上躺着。好像是要睡一会儿，脸上扣着那个草帽。老布想起这个邻居那次搞烧烤的事来了，很隆重的，用不知从哪里搞来的白篷布还把他那个院子围了一下。烧烤架子摆在靠西边的地方，那边还有一个秋千。那天来的客人都是些年轻人，老布认识邻居的儿子，个子很高，所以显得脑袋特别小，出奇地小，但待人很有礼貌。那天老布甚至还想自己什么时候也给儿子搞一次烧烤，就在阳台上，可以随便喝啤酒。老布确实想了，但老布没有去做。他甚至都没对儿子说过。老布跟儿子的关系真是说不来,那次老布在家里炖肉,结果给炖焦了,老布一直在电脑上找东西,直到闻到了烧焦的味道。那之后,老布炖肉的时候就会给儿子打一个电话,告诉儿子自己在炖肉,再过一个小时提醒我一下。

"你记住千万提醒我一下。"老布说。

一个钟头后,老布的电话果然响了,是儿子打过来的。儿子在电话里说,去看看你锅里的肉变没变成焦炭。老布还真把炖肉的事给忘了。老布对儿子说,你怎么就记住了。儿子说我上了闹钟。后来儿子给老布买了一个电热壶,要老布用电热壶烧开水,因为有几次,老布忘了厨房烧水的事,一壶水就那么都烧干了。其实老布的儿子还是挺会关心人的。但老布的儿子就是不愿意老布去他的屋子。所以到了后来老布干脆就不去了。

"一定给儿子搞一次烧烤。"老布说。

老布想好了,随便儿子叫什么人来。老布甚至想儿子是不是太寂寞了,要是事情多一些他也许就不会穿女人衣服了,这就叫做"闲人生是非",也许儿子真该结婚了。

老布突然又给刘远军打了电话,这次老布不再犹豫,他对刘远军说,"实话对你说吧,刚才打电话我就想说了,是我的儿子出事了,他买了不少女人的衣服,回家他就穿女人的衣服。他是不是有问题?"老布一口气把这话说了出来。

刘远军在电话里突然笑了起来,"这是异装癖。"

"问题是他有女朋友的。"老布说。

刘远军没说话,好像是在等什么。

"我最不能接受男人穿女人的内裤和乳罩还有高跟鞋。"老布激动起来了,"他小时候很正常,看不出有什么不正常。"老布放低了声音,"你说,他不会有别的毛病吧?"

"这应该问问他的女朋友。"刘远军又在电话里笑了起来,说起那个喜欢穿花衣服的老华侨来,小时候,老布和刘远军经常见到那个老华侨,总是穿得花花绿绿。马来西亚吧,那老华侨好像是那里的人。

"他还有内裤和乳罩,问题是乳罩,他还有乳罩。"老布说。

刘远军不说话了,好一会儿才又说,"找个人问问你儿子的女朋友,这是最好的办法,没有比这个办法更好的办法了。"

"我要制止他,我不能让他走得太远,他是男人。"老布说,能觉得自己正在生起气来。

"操,他是男人!"老布在喘粗气,"怎么让我碰到这种事。"

"问题是,你确定是他戴乳罩吗,不会是他女朋友放在他那里的吗?"刘远军突然想起来了,"既然他有女朋友,也许你弄错了,乳罩和内裤。"

刘远军在电话里笑了起来。咯咯咯咯地笑着。

"也对。"老布说。

老布用手捋自己额前的头发,捋得很慢。捋了好一阵,捋得眼睛都像是发了直,然后他开始给儿子打电话,老布是个心里搁不住事的人,有什么事必须马上办,有什么话必须马上说。打了好一阵,儿子终于把电话接了起来,老布很少和儿子通话。

老布说,"你说内裤和乳罩是怎么回事?"

"什么?"儿子在电话里说。

"不会是你女朋友落在你那里的吧？你说。"老布又说。

"什么？"儿子又在电话里说。

"也许那不是你穿的，是你女朋友的。"老布说。

电话那边稍停了一下，然后老布听到了儿子在电话里边愤怒地大声说："不是她的，是我的，内裤和乳罩都是我的，我喜欢！"

"你为什么会喜欢女人的乳罩和内裤。"老布说，也大声说，觉得自己真是气愤了，胸口那地方有感觉了。

"我愿意！"儿子在电话里说。

"为什么？"老布是真生气了。

"我愿意！"儿子好像比老布更生气。

"你是个男人你知道不知道？"老布说。

"我愿意！"儿子好像是不对劲了，听声音。

"小布，真是你的？"老布又说，小声说。

那边已经把电话放下了。

"要不，就当作是你的一种爱好吧。"老布对着电话说，觉得自己不应该生气，怎么就又生起气来呢？生什么气？多少天来，老布觉得这是件谁也说不清的事，所以儿子想做什么就做什么吧，只要不大白天穿上女人衣服到处走就是了。"要不，就当作是你的一种爱好吧。"老布又对着电话说，其实他也知道，儿子根本就听不见，那边电话已经放下了。

"也许只不过是一种爱好。"老布坐下来，自己对自己说。

那只小龙虾又出现了，举着它难看的大钳子，跑到沙发下边去了。

"肯定只不过是儿子的一种爱好。"老布朝沙发下看了看，对自己说。

老布想了好多天了，觉得如果这么解释自己好像还能接受。问题是人人都有爱好，谁没有爱好呢，只不过爱好有所不同。

老布觉得自己有点累了，他起身去了另一间房，爬到床上去了，他是爬上去的，床上真是零乱。老布以为儿子会小声跟自己说话，老布以为儿子会害怕，老布以为儿子会说那内裤和乳罩就是女朋友的，但老布想不到儿子的火气比他还大，老布从来都没见过儿子火气这么大。

"到底怎么啦？到底怎么回事？"

老布把身子在床上翻过来，老布看着自己的肚子，肚子在一起一伏，一起一伏，老布又躺不住了，他觉得自己有点火烧火燎。老布又从床上爬下来去了厨房，他从冰箱里给自己取了一根冰棍，大口大口吃起来。吃冰棍的时候老布好像又听到了妻子的这句话："你想发火的时候你就来根冰棍。"这是妻子的好主意，想不到还真管用，多少年了，老布的冰箱里总放着冰棍，说来也真是神奇，只要一吃冰棍，老布就不想发火了。

"就当是一种爱好吧。"老布听见自己在说。

"当然是一种爱好，就当是一种爱好。"老布又说，另一只手在捋自己的头发，从年轻时候起老布就喜欢没事捋自己的头发。

老布一边捋自己的头发一边举着冰棍去了电视房，他站在妻子朱兰的照片下边，他习惯了有什么事都要对她说一说，好像是在向她汇报，好像她还能听到，他看着妻子的照片，这张照片要比真人的脸还要大，所以看上去很不真实。

"他妈的，就当是一种爱好算了。"老布说。

什么东西窸窸窣窣从门那边过来了，老布马上明白是那两只小龙虾。

老布打了一辆出租，已经是下午三点多了，老布去了趟超市。超市不知在搞什么活动，人那么多，还敲锣打鼓，仔细听听，是外面在敲锣打鼓。超市里边是你挤我我挤你，简直是糟透了。老布去了卖西服的柜台，前几天他来了好几次了，他早已经看好了，那身西服说实话真好，是休闲的那种。同款有三种颜色，老布挑了麻灰的那种，老布知道儿子喜欢这种颜色。

老布的儿子小布来开门，敲门的时候老布真希望儿子的女朋友在，她在可以解围，她总是嘻嘻哈哈，但她不在。儿子把脸从里边伸出来，儿子的头发很长，但鬓角那地方推得又很短，老布知道这是现在最流行的一种发型。老布发现儿子穿了一件很大的军绿色的毛线衫，毛线衫是新的，但前边有两处脱了线，像是已经穿烂了，但老布知道这是现在最流行的，有意搞那么个窟窿。

老布没说话，老布的儿子小布也没说话。

老布的儿子把门打开了，然后马上往后退了两步，靠墙站住了，并且把两只手抬了起来放在了脑后。这样一来呢，穿在老布儿子身上的军绿色毛线衫就提了起来，露出了一截里边的白T恤。也露出了黑牛仔裤的腰。他这么做是要给老爸让地方，老布一只手举着衣服盒子，一只手拖着那个鼓鼓囊囊的蛇皮袋子。

"别激动。"老布对自己说。

老布一只手提着那个大蛇皮袋，一只手举着那套刚从超市里买的休闲西服。他那个样子像是在保持平衡。

"别激动。"老布听见自己对自己说。

"这是你的那些衣服，这是我给你买的衣服。"老布对儿子说。

"别激动。"老布这次是对儿子说。

"就当那是一种爱好吧，你别激动。"老布又小声说。

"你这不过是一种业余爱好。"

世界上没有永远坚硬的东西

师韦的事朋友们都知道，师韦岁数大了，朋友们都不愿提起他和他儿子的往事，但朋友们都觉得是师韦的不对，朋友们都说再怎么也不能把儿子给告到法庭上，再说，师韦也从不缺钱花，但师韦和儿子打的那场官司到最后师韦还是胜了，朋友们都记得师韦和他儿子在法庭上还握了手。

师韦当时还对儿子说，是的，我就是为了钱。

师韦的儿子说，是不是是钱就行？

师韦对此很肯定，师韦说话的声音向来很大，师韦说，对，是钱就行。

朋友们都记着，当时师韦的脸色真白，白得让人担心。

师韦的儿子当时还又重复了一句，语气加重了，是不是是钱就行？

师韦对此没做任何解释，只回答了一句，是，是钱就行，每月一次。

这一晃都快五年了。

想开点，也许不都是他的错。师韦的老伴儿不止一次对师韦说。

其实我现在早已经缓过来了。师韦说。

师韦现在住在一个很大的院子里，这个院子在奶牛场的北边，有许多大树，夏天的时候，这里的空气简直是糟透了，要多糟有多糟。师韦和他的第二任妻子，也就是师韦儿子的继母，每天要做的事也就是浇浇花，锄锄草，他们的房子前边和后边都有很大的空地。师韦是个很会规划的人，他把房子前面的地都种了花，大丽菊什么的，还有波斯菊，这都是些很好养活的花，房子后面的地种了些菜，豆角茄子还有韭菜和葱。这样一来，花瓶里的，餐桌上的，可真是要什么有什么。有时候师韦还会和老伴儿去钓钓鱼，离他们不远的地方就有个池塘，他们总是步行去，在那里钓鱼的人还真不少，所以师韦又交了不少钓鱼的朋友，但师韦的钓鱼成绩总是很差，因为他的心根本就不在钓鱼上。

师韦现在的日子过得很好，每个月儿子都会按时过来一下，把钱给师韦送过来，钱就放在牛皮纸袋里。

有时候，师韦会试探着对儿子说，今天的饭不错，有你喜欢的炖排骨。

我还有事。儿子说。

有时候，师韦会试探着对儿子说，今天有腊肉，怎么样？

我还有事。儿子说。

师韦的儿子没有一次会留下来，但师韦的儿子有时候会对着师韦的老伴儿叫一声李老师，这你就应该知道了吧，师韦现在的老伴儿曾经是师韦儿子的小学老师。教美术课，用蜡笔和水彩画风景和水果。

我做的饭你也不吃吗？师韦的老伴儿说。

不吃。师韦的儿子说。

你们不能这样下去。师韦的老伴儿说。

师韦也不知道自己究竟是错在了什么地方，怎么会跟儿子的关系搞成这样？他也想不出有什么办法可以让自己和儿子的关系改善一下子，师韦每次打开儿子送来的牛皮纸袋都会沉默老一阵子，脸色是要多难看就有多难看。师韦把那些牛皮纸袋都放在储藏室里的一个木箱子里，似乎那是一个秘密，年复一年，那些放钱的牛皮纸袋几乎把那个木箱子都要塞满了。师韦每次总是把儿子送来的牛皮纸袋子拆开看一下然后马上就封起来，每到这种时候，师韦总是一连几天都不说话。每逢这种时候，家里真是静，只能听到南边奶牛场的牛在叫，"哞——"的一声，"哞——"的一声。

牛叫的时候，大树上的猫头鹰也会跟上叫，"咕噜咕噜咕噜"。

东来其实是个好孩子。师韦的老伴儿说。

他儿子都快要结婚了，还孩子。师韦说。

他当时还真是困难。师韦的老伴儿说，她总想让师韦和儿子和好。

我不是为了钱。师韦说，这个你应该明白。

师韦的老伴儿就不再说话，看着师韦，师韦在喝茶，两眼看着外边。

他那个时候整整两年都没过来看我,我真是气坏了,我是想让他知道我是谁,我不是别人,我是他父亲。这是师韦的话,说这话的时候师韦真的很难过。

我还能跟他要什么呢?这是师韦的话。

师韦,别生气。师韦的老伴儿说。

师韦,师韦,师韦的老伴儿把自己的手放在师韦的手上。

我不跟他生气,他是我儿子。师韦说。

我怎么生了这么个儿子!师韦又说。

没什么没什么。师韦的老伴儿说。

他小时候不是这样的。师韦说,你也知道,他用蜡笔画的那只松鼠和鹦鹉有多么好看,颜色有多么漂亮!师韦站了起来,又要去取那两张画了,那两张画他一直保存着,时不时会拿出来看一下。

师韦的老伴儿要他坐下来,这我还能不知道,那时候他是班里画得最好的。

师韦说自己儿子上了大学才变成现在这个样的。师韦笑了一下,马上又不笑了,现在的大学!师韦摇摇头。

师韦的老伴儿在给衬衣缝一个扣子,师韦的钢蓝色衬衣,夏天的时候师韦总是喜欢把衬衣袖子挽得很高忙来忙去,师韦是个精力旺盛的人,所以总是闲不住,一会儿做做这,一会儿做做那,他还会把那些开得过于茂盛的花用剪子剪下来送给邻居,虽然是很普通的大丽菊和波斯菊什么的,或者是定期把后院的菜一批一批收下来送到女儿开的饭店里去。有时候他会带老伴儿一起去,在那里吃些东西,两瓶啤酒，一盘干炸丸子。每逢这种时候，师韦总是要顺便打听一下儿子的事，师韦知道儿子和他的妹妹关系很好。

他现在也不去那个池塘钓鱼了。师韦对自己的女儿说。

因为你在嘛。女儿说。

我在怎么啦？师韦说。

因为你在嘛。女儿又说，这你又不是不知道。

我在又怎么啦？他在我就不能去了吗？师韦不高兴了。

谁知道你们是怎么回事？女儿不说了。

师韦像是被什么东西一下子噎住了，把脸掉过去，看着窗外，老半天不再说话，他想把牛皮纸袋的事对女儿说一说，但还是没说，但师韦实在是太难过了，他觉得这事如果不说也许会把自己憋坏。师韦让这个念头搞得快要转不过弯来了，其实师韦去那个鬼地方钓鱼就是为了远远看一下儿子。

师韦的儿子总是喜欢在那棵把枝干伸向水面的柳树下垂钓，儿子不来的时候师韦就会坐在那棵柳树下，柳树上拴着一截儿绳子，师韦觉得那当年应该是用来拴船的，不过现在湖上没船，什么也没有。

师韦觉得自己不能再忍下去了，因为这让他太难过了。夏天已经过去了，天气一天比一天凉，凉风已经从遥远的北方吹了过来，奶牛场那边的青玉米早就都收割完了，也都被切割机切碎了，这是那些奶牛冬天的食粮，那么多的青玉米秸都得被切碎，真不知道要切多少天，切碎的青玉米秆又都要被埋在地下的一个很深很深的长壕里，然后再用土埋上，这是一种储存青饲料的方法，也是北方最好的储存方法，师韦最喜欢去奶牛场那边看他们收青玉米秆切玉米秆，一头奶牛一冬天得吃多少青饲料啊，这可不是每个人都清楚的事，但师韦清楚，他喜欢这些事，喜欢植物和动物，喜欢玉米秆的味道，那味道可真是好闻，师韦没事就喜欢东看看西看看。师韦就是这么个人。

也就是那天，师韦从女儿那里知道自己的孙子马上就要结婚了，这也许是件让人开心的事，但师韦还是开心不起来。这天的雨从早晨就开始下了，这是秋天向冬天过渡期间的一场冷雨，也许下过这场雨冬天就会来到了，跟着就是雪，白茫茫的雪，师韦家前院和后院的花和蔬菜到时都会凋零，一切好看的颜色到时都会统统变成接近赭石的那种颜色。

师韦坐在靠窗的地方，那地方可以看到外边，他习惯坐在那里喝茶，从早晨他就开始喝了，茶又酽又苦，师韦最爱喝这种茶，师韦端着茶杯看窗外，外面当然是灰蒙蒙的，窗玻璃上都是雨水，因为气温低，玻璃这一面都是哈气，要想看清楚外边就必须把玻璃擦擦。

你想什么？师韦的老伴儿问师韦。

我什么也不想。师韦说。

你这就是自己哄自己。师韦的老伴儿说。

师韦就对老伴儿又说起那场自己和儿子的官司，这几天，他总是想说说这些陈年旧事。

师韦说，你记着没记着，东来当时说，是不是是钱就行？

师韦的老伴儿说她记不清了，那毕竟是十多年前的旧事，提这些做什么？

其实你记得清清楚楚，师韦说。

我跟你说我早就记不清这些事了。师韦的老伴儿说。

他说是不是是钱就行？师韦说，那种口气！

这话也没错。师韦的老伴儿又重复了一句，这话没错。

语法上讲是没错。师韦说。

他的钱每个月送过来你不也都收下了吗？师韦的老伴儿说。

师韦一怔，看着老伴儿，看了好一会儿，把茶杯猛地往桌上一蹾，人已经站了起来，师韦已经想了好多天了，再说孙子马上也要结婚了，这事也该结束了，再这么下去没什么意思，师韦觉得自己是不是真老了。师韦现在已经很少冲动，就他这个岁数，一般不会冲动了，但他忽然又冲动起来，他怒冲冲地去了储藏室，他把放在那个大箱子里的牛皮纸袋拿出几个来，他觉得自己再也不能忍了，再忍下去自己也许就真的要生病了。师韦的老伴儿看到师韦从储藏室出来了，也看到那几个拿在师韦手里的牛皮纸袋了，她知道里边是师韦儿子每个月送来的钱。

师韦要老伴儿把牛皮纸袋打开，你打开。

师韦的老伴儿不知道师韦什么意思，仰起脸，看着师韦。

你打开，你看看里边。师韦说。

师韦的老伴儿看着师韦，师韦面部的表情让她多少有些吃惊。

你打开。师韦再次说。

师韦老伴儿把牛皮纸袋慢慢打开，发出一声尖叫。

妈的！当然这也是钱，不能说它不是钱是不是？师韦说。

师韦的老伴儿不再说话，她想不到会是这样。

这就是我生的儿子。师韦又重新坐下来。

师韦的老伴儿看着师韦，她想不到牛皮纸袋里会是那种钱，你不能说它不是钱，但它根本就不是人花的钱。

我不知道他为什么会这样对我。师韦说。

师韦的老伴儿把牛皮纸袋里的钱取了出来，一张、两张、三张、四张、五张、六张，一共十张，钱和在市面上流通的一模一样，不细看谁也看不出放在面前的钱会是另一个世界里的人花的钱，上边也印着伟人像，这真是让人从心里难受。

师韦的老伴儿有点慌，她把一只手放在师韦的手上，马上又把这只手放在师韦的脸上，她怕师韦出什么事。

茶杯在师韦的手里有点抖，师韦把茶杯放下。

师韦的老伴儿又把师韦的那只手握住，握得很紧。

也许当时是我真错了。师韦说。

其实你们谁都没错。师韦的老伴儿说。

我想出去走走。师韦说。

师韦站了起来，披上了雨衣，他早上出去过，雨衣还湿漉漉的，其实在这种天气里他什么地方都不想去，他穿好雨衣，站了一下，又把雨衣脱了下来。随后又给自己倒了些茶。师韦对老伴儿说，其实我早就缓过来了，你根本就不知道，第一次我收到他的牛皮纸袋时我真要气疯了，师韦又说，你别笑，我真想过去杀了他，虽然他是我的儿子，不过我现在早缓过来了。

跟你说，第一次，我真想杀了他。师韦又说。

师韦的老伴儿看着师韦，她觉得师韦真是有点可怜，怎么会有这种事？一个做儿子的怎么可以把这样的钱拿给父亲？

不过我现在已经缓过来了。师韦说。

这就好，这就好。师韦的老伴儿说。

师韦忽然苦笑了一下，把一只手放在了老伴儿的肩上，我是不是吓着你了？师韦说，说碰到这种事害怕的是你，但我不会害怕，我会在最生气的时候一口气喝下一整瓶可口可乐，师韦说，你猜怎么着？接下来就会不停地打嗝不停打嗝，然后就不会再那么生气了。

师韦的老伴儿就笑了起来。

整瓶可口可乐，一口气？师韦的老伴儿说。

信不信由你，就是一口气。师韦说。

师韦的老伴儿说她才不相信一口气能把一瓶可口可乐喝掉。

一口气喝下去才可以不停地打嗝不停地打嗝。师韦说。

然后就不生气了？师韦的老伴儿说。

就只顾打嗝了，不停地打。师韦说。

师韦和老伴儿再次笑起来。

我怎么生了这样一个儿子，但他怎么说也是我的儿子。师韦说。

你这么想是好事，你孙子就要结婚了。师韦的老伴儿说。

所以啊，所以啊，所以啊，师韦说。

虽然下过一场冷雨，但还是没冷到结冰，院子里的花花草草都还绿着，师韦和老伴儿出了一趟门。师韦给女儿打了电话要她开车过来送他们老两口去一下银行。师韦的女儿从小也不那么太听话，但自从出了哥哥的事，她变得听话起来。师韦的女儿拉着父亲和继母去了银行，这次去银行师韦可真是取了不少钱，从银行出来，师韦又下车去了一下路边的小超市，师韦从小超市出来的时候，坐在车里的师韦老伴儿和师韦的女儿都发现师韦其实什么也没买,只不过手里多了一瓶可口可乐。

朝小车这边走的时候师韦把手里的可口可乐扬了扬。

车上有饮料。女儿对父亲说。

这是可口可乐。师韦说。

我还能不知道那是可口可乐?女儿说。

我喜欢这个。师韦说,你根本就不知道它的妙用。

那我还能不知道?师韦的女儿说,这个东西做红烧蹄髈不错。她的小饭店就有这样一道菜,因为卖得好,每天只定二十份。这道菜也好做,一只蹄髈最少要用三瓶可口可乐,还要有冰糖,用不了一个钟点,蹄髈就会被炖得稀巴烂。

可口可乐真是好东西。师韦说。

师韦的女儿说,我怀疑这里边会有什么东西,所以再好我也不吃。饭店的东西最好少吃,想吃什么自己在家里做做最好。

我喜欢喝这个,喝这个心情愉快。师韦说。

韦斯的女儿不知道父亲说这话是什么意思,她从倒视镜里看了一眼父亲,她觉得父亲今天的心情很好,多少年了,这种情况很少见。

师韦的老伴儿却忽然笑了起来,她拍拍师韦的腿,但她没说,她什么也没说。

师韦已经告诉她了,关于牛皮纸袋的事要她对什么人都不要说。这只是他们父子之间的事,当然也不要对女儿说,虽然他们都是至亲的人。

我孙子要结婚了,所以,所以,所以,师韦说。

你这是半句话。女儿说。

人活着,最好只说半句话,我从前也许是说得太多了。师韦说。

这就是哲学。师韦的女儿笑了起来。

师韦的女儿把师韦和师韦的老伴儿送回家后就开车走了,她很忙,要去鱼市场买几条深海鱼,说深海鱼,其实就是比目鱼。她还要再买些新鲜的蔬菜,比如那种紫色的秋葵,还有菜苔什么的,还有就是啤酒,或者还要再买一箱葡萄酒,她离婚后什么都会做了,她不做不行,她现在没靠,只能自己去做,当女人没靠的时候就是天底下最勤劳的人。

接下来的事是,师韦把那个木箱子从储藏室里拖了出来,师韦家的储藏室是个坡顶,拖木箱子的时候他不小心把头碰了一下,"嘭"的一声。他把那些牛皮纸袋全部都从木箱子里取了出来,他要把牛皮纸袋里的东西取出来烧掉,这件事现在好像已经变成了一件开心事。

其实我早就缓过来了,因为我老了。师韦说。

我们应该住到你女儿的店里去,我们也许能帮她做点儿什么。师韦的老伴儿说。

师韦拍了一下老伴儿,你应该画画儿。

对,我应该画画儿。师韦的老伴儿说,颜料都干了。

我其实不应该给这小子这个惊喜。师韦又说。

为什么?师韦的老伴儿说。

师韦笑了起来,其实师韦知道,自己儿子的脾气其实就像自己。

你高兴就行,我们现在就做。师韦的老伴儿说。

师韦给自己点了一支烟，他有烟，但他好久都不抽了，他忽然想要抽一支，然后，他和老伴儿去了厨房，那些牛皮纸袋子，都在餐桌上放着，是师韦的主意，要把牛皮纸袋里的那种看上去像钱但不能花的钱全部取出来烧掉，然后再把今天从银行里取出来的钱都放进去。

师韦突然笑了起来，说了句什么，但师韦的老伴儿没听见。

什么？你再说一遍。师韦的老伴儿说。

师韦又说了一遍。

我还是没听清，师韦老伴儿又说。

师韦说，他用那种钱换了我这么多这种钱。

师韦，你说过的，话说一次就行！师韦的老伴儿说。

师韦看着老伴儿，把嘴里的烟慢慢慢慢吐出去。

但你是对的。老伴儿说。

其实我早就缓过来了，因为我老了。师韦说。

我们都老了。师韦的老伴儿说。

世界上就没有永远坚硬的东西。师韦笑了起来。

师韦的老伴儿又去了一下厨房，她是个爱干净的女人，她穿了件围裙，那是她以前画画儿时穿的，她还端来两杯咖啡，这样的晚上，这样的晚上，这样的晚上，怎么说呢，这真是一个好晚上。

最好什么也不要再说

这天早晨，邱小猛想不到会接到前女友丈夫的电话，邱小猛觉得自己的手心在出汗，心在乱跳，邱小猛把手放在了自己的胸前。电话里的声音很愤怒，因为愤怒，所以让人听不清楚到底发生了什么事。邱小猛把手机从耳边拿开的时候其实那边早就挂了。邱小猛心乱了，他把通往露台的那道玻璃门打开，外面的阳光很晃眼，那棵石榴树已经长出了细碎的叶子。这个早上，邱小猛原准备把昨天的那张画画完，但现在突然没了心情，邱小猛"咯噔咯噔"下了楼，木楼梯发出好大的声响，楼梯上放了许多旧杂志，邱小猛总是想着把这些杂志处理一下，但总是懒得去做。不管是什么事，邱小猛总是拖来拖去。那两只猫在楼下的地板上一动不动躺着，不约而同地朝邱小猛这边看了一眼。邱小猛最近又胖了，邱小猛希望自己瘦一点，但每次去洗澡都发现自己根本就瘦不下来，邱小猛觉得有些热，他去卧室的衣橱里给自己找了件圆领加厚Ｔ恤把身上的毛衣换了下来，床上的被子已经有好多天没叠了，邱小猛总是这样，有时候会一两个月都不叠被子，晚上睡觉的时候钻进去就行。换好了衣服，邱小猛去了厨房，昨天从冰箱里取出一条鱼，这会儿已经化了，邱小猛用手指按按，凝视了一下，鱼的腹部有一道亮蓝的线，鱼的眼睛也是亮蓝的。过年的时候，母亲和他在一起住了几天，母亲临走去了趟超市，给他把冰箱都塞满了。邱小猛的母亲住在另一个城市，会时不时飞过来看看邱小猛。邱小猛的母亲总是在说同一句话："找个女朋友吧，我也放心。"邱小猛的女朋友其实很多，但总是一上过床就分手，邱小猛对朋友们说，直到现在自己还没找到真爱。说实话邱小猛对自己现在的生活很满意，一个人想睡到什么时候就睡到什么时候，想吃什么就给自己做点什么，邱小猛习惯早上给自己做点早餐吃完再继续睡一会儿。邱小猛对朋友们说，自己希望过正常的生活但是不想要婚姻。正因为如此，前女友和她分手了，前女友和邱小猛同居了两年多，但最后还是嫁给了现在的丈夫。邱小猛前女友的丈夫是个建材商，三十多岁，人很胖，年轻胖子。

邱小猛坐下来，厨房里有把黑色的塑料椅子，邱小猛有时候就坐在这把椅子上吃饭，邱小猛喜欢用的餐具是日本货，黑色刷釉大盘子还有一个大碗和一个小碗也是黑色刷釉，都是前女友送的。邱小猛看着那条鱼，想弄清楚前女友的丈夫都在电话里说了些什么。"到底是谁的？到底是谁的？"前女友的丈夫刚才在电话里怒气冲冲翻来覆去说这句话，这句话什么意思？邱小猛都没听出来，邱小猛和前女友的丈夫见过面，在他们的婚礼上。有人劝邱小猛不要去参加前女友的婚礼，但邱小猛还是去了，邱小猛就是这样的人，做什么事都不太用心，不太在乎，什么事都好像与他有关而又无关。那天在酒席宴上，邱小猛看见有人朝自己指指点点，邱小猛对这些才不会感兴趣，邱小猛知道那些人肯定是在说，"这就是新娘的前男友。"但邱小猛根本就不在乎这些。吃完饭的时候，邱小猛还过去和前女友打了一个招呼。打招呼的时候前女友的丈夫正在送客，还朝这边看了一下。邱小猛那时正拉着前女友的手，他觉得应该放开，但却握得更紧了。

邱小猛坐不住了，他站起来，去另一间屋子给前女友打电话，那间屋子的信号好一点。既然出了这种事，当然要问一问，但愿那边无论是什么事都与自己无关，但肯定是有关了，如果与自己无关那个电话就不会打过来。电话很快就打通了，但那边马上就关掉了。但很快就有短信发了过来，短信上说："邱小猛，邱小猛，现在不方便。"邱小猛坐不住了，不知道那边出了什么事。也许，那个年轻胖子，前女友的丈夫就在她身边？邱小猛在屋里转了一个圈儿，又转一个圈儿，去厨房洗了一下那个很大的黑釉茶杯，然后他又上楼去了露台。露台应该收拾一下了，那十几个花盆都该种上新的植物，靠近门口的那两个长形花槽里，是薄荷，已经密密麻麻长出了不少嫩芽，也应该收拾一下。邱小猛看看天，天没什么好看，是蓝的，昨天还有老鸹在天上飞，很多的老鸹，够几百只，在天空上飞来飞去，此刻不知道它们一下子都飞到什么地方去了。

快到吃中午饭的时候，邱小猛又给前女友拨了电话，这下接通了，前女友在电话里小声说："事情都是你惹出来的，谁让你在微信上乱说话。"邱小猛此刻的状态好像没睡醒，有些迷糊，邱小猛总是这样，注意力总是不集中。

"你说什么？"邱小猛问自己的前女友，"与我无关吧？"

"怎么与你无关？"邱小猛的前女友在电话里说你要害死我了。

"怎么能与我有关，咱们都分手了，你都结婚两年了。"邱小猛的脑子有点混乱，真想不起什么事能与自己有关。

"谁让你在微信上瞎说。"邱小猛的前女友小声说。

但邱小猛还是想不起来自己究竟说了什么。

"谁让你在我朋友圈儿瞎留言？你想想？"

邱小猛一下子想不起来，邱小猛打开了手机，很快就找到了前女友的朋友圈并且马上就看到了，邱小猛忽然笑了起来："开玩笑嘛，这纯粹是玩笑嘛。"

"问题是被他看到了，他可不当玩笑。"邱小猛的前女友在电话里说，"谁让你是我前男友，他已经去做亲子鉴定了。"

邱小猛又笑了起来："做亲子鉴定。"

"一点都不好笑！"邱小猛的前女友在电话里说这下麻烦可大了。

邱小猛又忍不住笑了起来，他想起来了，那天很晚了，睡觉前他总是习惯玩手机，不经意就看到了前女友在微信上贴出她才六个月的儿子的相片，邱小猛也想不起来自己是在什么状态下留的言，邱小猛在上边的留言是："我怎么看都像我，我怎么看都像我。"就这么一句话，那时候可能是快要睡觉的时候，邱小猛睡觉一般都很晚，每天晚上都要到十二点才睡，一到时候，邱小猛人总是迷迷糊糊的。邱小猛又笑了起来，邱小猛在心里对自己说："这算什么事。"放下电话，邱小猛忽然不想做那条鱼了，邱小猛闻了一下，在鱼上边盖了一个很大的铁盘子，这样一来那两只猫就不会打这条鱼的主意。邱小猛是懒得做这条鱼，忽然不想吃了，没胃口了。邱小猛无论什么事总是拖。能凑合过去就凑合过去。

这天中午，邱小猛随便吃了点东西，半个熏猪肚，两块儿馒头片，喝了一杯奶，又给自己榨了一杯苹果汁，然后就去画他的画了。邱小猛很平静，就像没发生任何事。其实这真不是什么事。邱小猛一边画一边想自己和前女友的事，想来想去好像是都与做爱有关。后来邱小猛不想了，画也画完了，但邱小猛不想睡觉，他想在电脑上找一个片儿看，因为是中午，周围很安静。邱小猛把两只脚架在电脑桌上，这样让邱小猛觉得很舒服，但后来邱小猛就那么坐在电脑前睡着了。邱小猛被电话声惊醒的时候已经是下午三点了。

邱小猛刷了一下牙，照了一下镜子，又梳了一下头发，出门的时候邱小猛还摸了摸裤袋里的家门钥匙，然后去了茶馆，那家茶馆离邱小猛家不远。邱小猛觉得自己已经被人牵着鼻子走了，这让他很不高兴。邱小猛在心里说他凭什么让我去茶馆。但邱小猛还是去了，说实在的邱小猛也不敢不去，自己毕竟在前女友的微信上说了那么一句话，这种事闹大了对谁都不好，邱小猛想好了，解释一下就走人。邱小猛进了茶馆，茶馆不大，这会儿还没什么人，茶馆的一半地方都被陈列茶叶的各种架子占了去，剩下的地方摆了几张四人小茶桌，一张就摆在一进门的地方，一张摆在屏风后边，还有几张摆在别处。邱小猛一进茶馆就看到前女友的丈夫了，虽然他背对着门坐着，但邱小猛知道就是他，从后边看，年轻胖子那颗头可真够肉。

邱小猛过去，坐下。忽然不知道该说什么话。

"你喝什么？"邱小猛前女友的丈夫掉过脸问邱小猛，邱小猛看不出这个年轻胖子有多生气，但能感觉到他在一喘一喘，也许是紧张。

邱小猛说随便什么，待会儿还有事，不会多待。"我要去理个发。"邱小猛说完就后悔了，邱小猛觉得自己不应该这么多话。

"到底怎么回事？"邱小猛前女友的丈夫忽然喘得更厉害了，他这个岁数不应该这么喘，邱小猛能看出他实际上是很激动。

"我不明白你的意思。"邱小猛说。

"你在小琴微信上留言是什么意思？"邱小猛前女友的丈夫盯着邱小猛，邱小猛要自己坚持住，不要把目光错开，也就看定了年轻胖子的那双眼睛。

"没什么意思，也就随便说说。"邱小猛说，"你也知道，我们毕竟以前是朋友。"

邱小猛说完这句话，两个人就突然都没了话，邱小猛前女友的丈夫喝了一口茶，又喝了一口。然后是猛吸了一口，一杯茶就没了。"上水。"邱小猛前女友的丈夫对茶馆里的人大声说。其实他不必那么激动。邱小猛不是个爱惹事的人，邱小猛觉得自己应该把话说清楚了就走。邱小猛已经想好了，要说的话就是自己从来都没碰过小琴，这么一想邱小猛就想笑，这种谎言其实很可笑，邱小猛就突然笑了起来，邱小猛就是这种人，什么都不会太当回事。但邱小猛不笑了，前女友丈夫的样子让邱小猛不敢再笑，邱小猛忽然觉得眼前这个男人是世界上最最可悲的人。

"你还笑？"邱小猛前女友的丈夫严厉地看了一眼邱小猛。

"我那真是随便写写，我们虽然分了手但我们毕竟是朋友嘛。"邱小猛说，马上不说了，看着这个年轻的胖子很激动地把什么掏了出来，邱小猛马上明白那是医院的化验单。因为邱小猛一直记着这事，自己的前女友说眼前这个年轻胖子要去医院做亲子鉴定。

"居然真不是我的。"邱小猛前女友的丈夫把纸片朝邱小猛推过来，脸突然抽搐了一下，这张脸还很年轻，细看还很孩子气，邱小猛觉得年轻胖子也许很快就要哭了。

"你对我说实话，是不是你的？"邱小猛前女友的丈夫看着邱小猛，一只手已经抬起来，紧接着是另一只手，两只手抬起来，那张脸就被捂住了。让邱小猛吓了一跳的是，自己还没开口说话，这个胖子果真就忽然趴在桌上哭了起来。但为时很短，年轻胖子只哭了几声，邱小猛看着那只胖嘟嘟的手伸到纸盒那边抽纸了，抽出一沓纸，然后年轻胖子才立起身擦脸上的泪，还有鼻涕。

"我万万想不到孩子不是我的。"年轻胖子说，"你既然在小琴的微信上留了那句话，那你就要负责任。"

邱小猛一下子跳起来，这才发现自己脚下穿的居然是一双拖鞋，邱小猛经常这样。邱小猛看着面前的年轻胖子，不知道自己该怎么负责任。怎么回事？那孩子与自己有什么关系？邱小猛能记得起自己有多长时间没跟前女友上床了，不过邱小猛马上心虚了起来，邱小猛经常给自己的前女友打电话让她过来，只有一次，邱小猛喝多了，把电话打过去却被前女友拒绝了。"我有了，不能再做了。"邱小猛的前女友在电话里说。

"我要你负责。"邱小猛前女友的丈夫已经把脸上的泪擦完了，又擤了一下鼻子，茶馆里便一声锐响。邱小猛看了看周围，不知什么时候旁边的那张桌子也有了客人，正朝这边看。邱小猛想知道年轻胖子要自己怎么负责，因为那些人朝这边张望，邱小猛忽然恼火起来，觉得自己不能被别人牵着鼻子走，而且还越走越远。

"你要我怎么负责？"邱小猛弯下腰，能听出自己语气很不友好。

"你把你的孩子抱走。"邱小猛前女友的丈夫说。

邱小猛想对这个年轻胖子说他要去理发了，邱小猛转过身。

"你别走，你要负责。"年轻胖子也站起来，居然伸手在邱小猛的肩上用力压了一下，邱小猛不得不又坐下来。但邱小猛觉得这下子自己被别人牵着鼻子走得更远了，这就让邱小猛十分生气，邱小猛又站起来。

"你怎么就肯定那孩子是我的？"邱小猛说，"她天天睡在你身边，你倒要我来负责。"

"你不是在微信上留言说那孩子越来越像你吗，越来越像你吗？这话是什么意思你不知道吗？"年轻胖子又重新激动起来。邱小猛觉得自己这下真该走了，邱小猛说我该理发去了，我跟你说微信上的话都不能当真，谁能想到你当真了，啊，你居然把微信上的话当真。这一次，邱小猛觉得自己不能不走了，马上就走，年轻胖子又伸了一下手，但他没有抓住邱小猛，邱小猛已经从桌边一弹，只能说是一弹，人已经离开了茶桌。

"这事跟我无关。"邱小猛说，挠着脖子从茶馆里走了出去。邱小猛不知道自己怎么会出了那么多的汗。邱小猛出了茶馆，从玻璃上朝里边看，年轻胖子站在那里，好像要追出来，已经出来了。

"怎么会不是他的？"邱小猛对自己说，"既然不是他的那会不会是自己的？"邱小猛心慌了，因为他和前女友做那事从来都不戴杜蕾斯，那东西一点都不好玩，只要一戴那东西邱小猛就没有感觉了。分手后，只要邱小猛一需要，邱小猛的前女友就会应邀前来，她和邱小猛一样都喜欢那件事。

邱小猛前女友的丈夫已经从茶馆里追了出来，这个年轻胖子紧走几步。邱小猛听到了"呲呲"的喘息声，年轻胖子一把拉住了邱小猛。邱小猛以为要发生什么事了，结果是什么事也没有，年轻胖子好像已经平静了下来，这可真快。

"我刚才是太冲动了，碰到这种事谁都会冲动。"年轻胖子对邱小猛说，"真是对不起，但你既在微信上那么说了……"

"你什么意思？"邱小猛说，看着年轻胖子那张脸，这张脸其实并不难看，而且可以说还很好看，年轻的，无邪的那种。

"能不能这样？"邱小猛前女友的丈夫说，"为了把事情弄明白，你能不能也去做个亲子鉴定，我这面是会配合的。"邱小猛前女友的丈夫看着邱小猛，一只手已经伸过来了，好像要握住邱小猛的手，但最终停在那里。

"我要先去理个发。"邱小猛说，很不耐烦地说。

"刚才我是太冲动了。"邱小猛前女友的丈夫说。

邱小猛这才想起眼前的这个年轻胖子在银行工作，是柜台业务员。

"我等你电话好不好。"年轻胖子说。

邱小猛的脑子没有一下子反应过来："等电话做什么？"

"这个很简单，你交给我，我送到鉴定中心去做就行，头发也行，那个也行，你要是抽烟给个烟头也行。"邱小猛前女友的丈夫说。

邱小猛烦了，摆摆手说："我要去理发了。"邱小猛知道年轻胖子说的"那个"是什么了，这可真不能让人接受。

"我等你电话。"年轻胖子又说。

邱小猛没有去理发，邱小猛直接就回家去了，上了楼，进了家，邱小猛忽然觉得自己口很渴，刚才在茶馆都不知做什么了，怎么就没喝水？邱小猛去厨房接了一大杯水，邱小猛能听见自己"咕咚咕咚"喝水的声音。然后，邱小猛坐在了电脑跟前，邱小猛查了一下有关亲子鉴定的条目，马上明白是怎么回事也明白怎么做了。邱小猛觉得最好是做加急的那种，反正也不要自己花钱，但邱小猛一时还拿不准是用头发还是用口腔黏液还是用自己的"那个"，动静最小的当然是用头发，剪几根就行，动静最大也最麻烦的就是取"那个"，不过这些都够麻烦的，麻烦事就在于做这个鉴定必须要自己的前女友或年轻胖子来协助才行，他们必须提供那个小宝宝的头发或者别的什么。邱小猛把两只脚架在了电脑桌上，这样他会舒服些，邱小猛把头朝后仰，这样就更舒服，邱小猛的身子开始一下一下摇晃。邱小猛对自己买的这把S形钢管椅很满意，这把椅子弹性很好，人坐在上边上下晃动很舒服。有时候邱小猛就这么晃着晃着就睡着了。查过电脑，邱小猛想不到做亲子鉴定居然会这么简单。邱小猛都好像看到自己的前女友正在用一个小棉棒伸到那个孩子的嘴里左五下右五下地取口液了。邱小猛忽然把两只脚从电脑桌上放下来，一跳，从椅子上挺起身。邱小猛去了洗手间，邱小猛对着镜子抓抓自己的头发，邱小猛的头发很短，邱小猛决定了，只给自己前女友的丈夫几根头发，其它的绝对不能，邱小猛看着镜子里的自己用卫生纸把手擦了擦，还看见镜子里的自己把手指放在鼻子跟前闻了一下。邱小猛还擦了一把脸，把脖子也擦了擦，这么一来脖子那地方就不痒了。邱小猛把脸凑近了镜子，邱小猛想让自己回忆一下最后一次跟前女友上床是什么时候，结果邱小猛的脑子就更乱了。邱小猛忽然觉得那孩子要是自己的也很好，接下来就是自己的前女友跟年轻胖子离婚自己再跟前女友结婚。邱小猛对着镜子忽然咧开嘴笑了起来。邱小猛想起了一句话，这句话也不知是谁说的，但说得可真好："世界充满了喧哗和骚动却毫无意义。"

这天晚上，邱小猛随便吃了几口晚饭，邱小猛又没做那条鱼，邱小猛闻了闻那条鱼，好像都有味儿了，但邱小猛没心思做它，他把它又用那个铁盘子盖了起来。也就是在吃饭的中间，邱小猛接到了年轻胖子的电话，年轻胖子的声音一下子就从电话里怒气冲冲地冒了出来："你为什么不敢做亲子鉴定？"年轻胖子的口气十分强硬，可以听得出他是生气了："你要不敢做就说明你有鬼，你信不信我会马上把小孩抱到你家。"紧接着，邱小猛听到了电话里的抽泣声，发出这种声音的不可能是别人，是邱小猛的前女友。也许她此刻就站在年轻胖子的身后。邱小猛说好吧，不过我现在要睡一会儿。邱小猛吸了一下腮帮子，"嘬"的一声："我要去洗澡，过几天我要去看博格达，去看完博格达还要去一下泉州……"

"你居然还有心情洗澡！"是前女友的声音，也一下子从电话里冒了出来。邱小猛可以想见自己的前女友一把抢过了年轻胖子手里的手机，邱小猛的前女友在电话里大叫："都怪你都怪你都怪你！"

"我们说话，我们必须好好儿说话。"是电话里年轻胖子的声音，当然是对他老婆——邱小猛的前女友在说。

"不就几根头发吗？"邱小猛听见自己对电话另一头的年轻胖子说，"不就是几根头发吗？"电话另一头忽然就没了声音，停了一会儿，邱小猛才听到年轻胖子在电话里说："谢谢，谢谢，谢谢你同意合作。"

"其实这事很简单。"邱小猛前女友的丈夫又说。

邱小猛又吸了一下腮帮子，这几天邱小猛的牙忽然疼了起来。

邱小猛给自己泡了一杯茶，用那个黑色的大茶杯，那个茶杯可真够大。

一个星期后，其实这几天邱小猛一直都在家，但邱小猛烦了，邱小猛对前女友和她现在的丈夫说自己外出了，短暂的外出几天，又说自己最近十分忙，去年的事都还没做完，自己最近手头有些紧，所以要出去几天把卖画的钱要回来。邱小猛说自己外出了，其实邱小猛一直在家里，邱小猛觉得自己不能总是被别人牵着鼻子走，自己也应该把别人的鼻子牵住。但邱小猛也觉得这事不能拖，其实邱小猛心里比谁都急，邱小猛想知道亲子鉴定的结果出来没，那小宝宝会不会是自己的孩子？邱小猛这几天一直在失眠，邱小猛不敢想象那孩子是自己的血肉，也不敢想象自己再把前女友娶回家来过日子。这几天邱小猛一想这事就心里乱跳。好在前女友的丈夫，那个年轻胖子这天又打来了电话，小声问："你回来了吗？"邱小猛说刚到家。然后，邱小猛就又到了那家茶馆。出门之前，邱小猛照例又刷了一下牙，照了一下镜子，还梳了一下头发，又摸了摸裤袋里的家门钥匙。邱小猛一进茶馆就看到前女友的丈夫了，虽然他背对着门坐着，但邱小猛知道就是他，从后边看，年轻胖子那颗头可真够肉。

邱小猛过去，坐下。忽然不知道该说什么话。

倒是邱小猛前女友的丈夫，这个年轻胖子先开了口，他把几张纸从口袋里掏了出来放在茶桌上朝邱小猛一推，邱小猛知道那是亲子鉴定书，邱小猛的心狂跳起来。但邱小猛马上吃惊地张大了嘴，心也不那么狂跳了。因为他听到自己前女友的丈夫，眼前的这个年轻胖子说：

"我怎么办，既不是你的，也不是我的。"

"你说什么？"邱小猛吃了一惊。

"既不是你的，也不是我的。"年轻胖子又说。

"你再说一遍。"邱小猛说。

"怎、么、办？你、说、怎、么、办，既、不、是、你、的，也、不、是、我、的，你、说、怎、么、办？"

邱小猛前女友的丈夫瞪大了眼睛看着邱小猛，此刻邱小猛才发现年轻胖子的眼睛其实很大，但这个人好像一下子变成结巴了，一个字一个字地对邱小猛说。"我、怎、么、办？"邱小猛当然不知道他该怎么办，邱小猛只担心他会不会再次哭起来，邱小猛看看茶馆里的那个表，都快十一点了，邱小猛想，待会儿要不要把这个年轻胖子带到饭店吃个饭？再喝点酒？邱小猛突然觉得这个年轻胖子其实很可怜，邱小猛突然觉得自己其实也有什么地方不对了。

"这么说，既不是你的？也不是我的？"邱小猛说。

"是啊，不是你的也不是我的。"邱小猛前女友的丈夫说。

"喝茶吧。"停了好一会儿，邱小猛才听见自己对年轻胖子说。

"先喝口茶。"邱小猛用茶杯轻轻碰了一下年轻胖子的那个茶杯，声音很温柔，"看在老天的份儿上，那虽然不是你的孩子也不是我的，但那是她的孩子，她的孩子。"

"对，最起码是她的孩子。"好一会儿，邱小猛前女友的丈夫，这个年轻的胖子也说。

猫咪咖啡馆

乔大治对周强说:"说'他们'是不对的,因为里边还有一个'她',就是那个女孩儿。"乔大治的故事就是这样开始的。

乔大治在猫咪咖啡馆工作,他对这份工作还比较满意,虽然收入不是很多,但他喜欢那种环境,那地方除了有芬芳的咖啡香味还有不少书。乔大治太喜欢咖啡的味道,小时候当乔大治的父亲把第一块天鹅牌咖啡糖递给他时他就喜欢上了咖啡。所以在换了许多工作之后乔大治终于在咖啡馆待了下来。乔大治的朋友都把乔大治叫做"咖啡人",因为现在无论乔大治走到哪里人们都会在他身上闻到一股很好闻的咖啡香气,乔大治说这个味道要比男士香水好多了,乔大治的女朋友也这样认为。乔大治待的这家咖啡馆的设计也很有特色,一色儿苹果绿的沙发和椅子都是随意摆放,客人可以把它们拖来拖去,就像在自己家里一样。而且这里四壁都是图书,谁想看什么书都可以取出来随便看。而且,咖啡馆里边比较幽暗,天花板上的吊灯就总是若明若暗地亮着,这就是情调,许多人都喜欢这种情调,特别是年轻人。

"他们就坐在那边。"乔大治指了指靠里边的那个角落，说那边比这边暗一点。"那天因为客人不多我就一直在这里打果汁。"乔大治又指指这边。

周强看了下那边，大茶几，烟灰缸，沙发的颜色现在看上去灰乎乎的，后边隔了两个座儿的书橱上的玻璃有反光，是从外边射进来的阳光。

周强说："对了，要想有情调就最好把光线搞暗点。"

"但要是在家里就不行。"乔大治说，"做爱的时候当然光线不能太强。"乔大治说自己做爱的时候喜欢光线暗到最暗。周强就笑了，说暗到最暗是什么意思，那不就是黑吗？没一点点光亮也不行。乔大治说要是非要有光线的话他就闭上眼睛。乔大治这么一说周强就明白了，周强说乔大治："你肯定是要凭着想象才可以进入高潮，是不是？""差不多吧。"乔大治说几乎所有的男人都会在那时候想自己最喜爱的人。"问题是，"周强说，"你是不是不喜欢你现在的女朋友？"乔大治说不是那回事，乔大治又说："这种事说不清。"乔大治想想又说："想象是美好的，总之我离不开想象。想象是个好东西。"周强说上大学的时候除了靠手更重要的就是要靠想象，如果不靠想象就什么感觉都没有。

"是。"乔大治说，"想象是个好东西，可以给人快感。"

"我喜欢快感。"周强说。

"妈的，没人不喜欢。"乔大治说。

"肯定有意思。"周强说。

乔大治说那天他们一共来了五个，四个男孩一个女孩。乔大治说:"一个,就一个女孩,他们就坐在那里,他们来这里是为了庆祝一下。"

周强问:"庆祝什么?"

乔大治说:"你听我说,你不要急。"乔大治说话的时候有人从外边进来了,乔大治起来了一下,从外边进来的那个人说他的雨伞忘在了这里,是昨天的事。乔大治就把那把黑伞从柜台里边取出来给了他。那个人说谢谢,又说:"你们这里的咖啡很好喝"。然后那个人就走了。

周强往那边看看,这时候太阳才把咖啡馆门口的天桥照亮,有人在天桥上走动,所以说时间还早,早上一般不会有人来咖啡馆。所以乔大治又坐回去和周强说话,只不过他手里多了两个杯子,杯子里是柠檬水,柠檬水都放在柜台那边两个很大的玻璃杯里,每个杯子里都有十多片柠檬。

"早上喝一杯柠檬水真的很清爽。"乔大治对周强说。

"拿这个漱嘴也不错,然后再亲嘴。"周强说。

"问题是你跟谁亲?"乔大治说。

"跟谁亲我都不怕……这你知道。"周强说。

乔大治来了一口,想起昨晚的事来了,说:"你最好别喝酒,我怕你喝酒。你喝了酒自己管不住自己,说话声音那么大,别人都听到了。"

"我又不是跟别人说。"周强说。

乔大治就不再说话,他掉过脸看了一下那边,有人推了一下门,但没进来,只看了一下就又走了。乔大治又来了一口,他每喝一口柠檬水都会让它在嘴里停一会儿，这样他就可以品出新鲜柠檬的味道，他喜欢这种味道。昨晚周强没有走，在咖啡馆里睡了一晚，当然是和他挤在一起。他们先是在一起吃了一份比萨，周强现在送外卖，送外卖的都很辛苦。昨天晚上周强给自己和乔大治要了一份外卖，因为是自己人，做比萨饼的皮皮猫做了手脚，周强带过来的比萨上边的培根就比别的比萨几乎多了一倍，很厚的一层。乔大治和周强都很喜欢培根。

"昨天晚上也够黑的。"周强盯着乔大治，"你就喜欢黑，一点灯光都不要，以前你可不是这样。"

"不说这个。"乔大治马上打断了周强的话，"咱们还是说那件事吧。"

"哪件事？"周强问。

"刚才我还没说完呢，他们一共是五个，四个男孩一个女孩。"乔大治说，"他们可真都是小孩，十六七，最多十六七。"

"这个岁数真好。"周强说，用手转着手里的玻璃杯子，好像有些伤心，周强现在真的很不顺，让他伤心的是他现在等着法院的宣判。周强的老婆要和周强离婚，问题是从周强的那辆摩托车开始的，周强是太喜欢摩托车了，他攒够了五万就马上给自己买了一辆。周强的孩子还小，才一岁半，周强的老婆一年有半年时间住在娘家。周强的朋友都说这么下去不好，结果真的就不好了，是周强老婆提出的起诉，孩子还不知道要跟谁。这几天连着下雨，气温一下子就下来了，周强不想回他的家，只要一进那个家他就特别伤心，不仅仅因为冷。

"够冷的。"周强在手机里对乔大治说。

"多穿点。"乔大治说送了暖气就好了。

"我去你那里挤一晚上行吗?"周强在手机里对乔大治说,"我请你吃比萨。"随后他就来了,其实乔大治是想请周强吃旁边的烤羊排,乔大治早想好了,旁边那家烤羊排做得很好,一份两个人不够吃,两份又吃不了。乔大治早就想请周强吃烤羊排了,既然周强出了这事,在这个世界上谁碰上离婚这种事心里都不会高兴。乔大治知道周强的心情很不好,天气又这么冷,所以周强想做什么乔大治都不反对,谁让他们是很好的朋友,其实他们都没太睡好,他们是后半夜两点多才上的床,因为总是有客人不愿离开,有的还想一直待到天亮。

"你讲。"周强对乔大治说,"他们庆祝什么?"

"你根本就想不到。"乔大治说,"别看他们是小孩。"

"十六七其实也不能算小了。"周强说,"我十六七什么都懂了。"

"这你跟我说过。"乔大治说,"你十七岁……"

"真是没意思,"周强说,"后来我就没再见过她,她搬走了。"

"问题是他们都喝了酒。"乔大治继续说他的,说那五个小孩一进来他就发现他们已经喝过了酒,但乔大治不知道他们喝的是什么酒,但他们肯定是喝得不少,走路都有点晃,说起话来叽叽喳喳。五个小孩一进来就说他们要再来点咖啡庆祝庆祝。

"问题是,他们都喝了酒。"乔大治看着周强。

"我把咖啡端过来的时候那四个男孩就开始摸那女孩的肚子。"乔大治说,看着周强,"就这样。"

周强看着乔大治,说:"摸肚子,摸女孩的肚子?为什么摸女孩的肚子?"

"那四个男孩轮着摸,都把手伸进去,把衣服撩了起来,他们肯定是喝多了。"乔大治说。说不但看到了他们摸肚子而且还听到了他们在说什么。

"太过分了吧。"周强做了一个手势,"会不会在这儿就……"

乔大治说他也给吓了一跳,那几个男孩轮着摸女孩的肚子还都抢着说"会不会是我的?""会不会是我的?""会不会是我的?"那女孩也是醉了,说"终于成功了,终于成功了"。

乔大治看着周强,停了下来不再说,一直看着周强,说:"你到底听明白没有?你怎么迷迷糊糊的?"

周强好像听明白了又好像没听明白,他吃惊地看着乔大治,想象不出那几个小孩发生了什么。四个男孩和一个女孩,都十六七。他们出了什么事?他们庆祝什么?

"我再跟你说。"乔大治说,"他们都喝多了,一进来就坐在这儿这儿,那四个男孩坐下后就摸那女孩的肚子,这个说,会不会是我的?那个说,会不会是我的?跟着另外的男孩也说,会不会是我的?"

周强看着乔大治,好像有点听明白了:"那女孩有了。"

"不是这话。"乔大治说。

"那是什么话?"周强说。

"那女孩的原话是——"乔大治说那女孩的原话是"终于试验成功了"。但那女孩说虽然试验成功了但她也记不清是谁的了,她不清楚是谁的,也就是说她不清楚那四个男孩谁是她肚子里小孩的父亲。他们才那么小,才都十六七。

"好家伙。"周强拍了一下手,"啪!"

"喊!"周强又做了一个手势。

"他们是庆祝这个,小女孩是庆祝这个,那四个小男孩是庆祝这个。"乔大治说,"想不到吧?"

"喊!这种事。"周强又说。

"他们要了咖啡又要了啤酒,一直要,要了许多啤酒,那四个男孩还平均差不多每人都摸了十来次女孩的肚子。后来他们走了。"乔大治说。

"就这么走了?"周强看着乔大治。

乔大治说,我对他们说你们要走就从后门走吧,因为前边已经站了不少人,而且人越来越多,后来他们就走了,我把后门打开,他们却站起来摇摇晃晃从前门走了,一边走一边叽叽喳喳。

"好家伙。"周强说。

乔大治站了起来,有人从外边进来了,不是一个人,后边还跟着一个,是年轻人,从外边进来了,两个年轻人的后边还跟着两个,也进来了。

图书在版编目（CIP）数据

你不知道我是多么喜欢足球 / 王祥夫著. -- 北京：作家出版社，2022.9
　　ISBN 978-7-5212-1906-7

Ⅰ. ①你… Ⅱ. ①王… Ⅲ. ①短篇小说 - 小说集 - 中国 - 当代 Ⅳ. ①I247.7

中国版本图书馆CIP数据核字（2022）第073580号

你不知道我是多么喜欢足球

作　　者：	王祥夫
责任编辑：	宋辰辰
装帧设计：	意匠文化·丁奔亮
出版发行：	作家出版社有限公司
社　　址：	北京农展馆南里10号　邮　　编：100125
电话传真：	86-10-65067186（发行中心及邮购部）
	86-10-65004079（总编室）
E-mail:	zuojia@zuojia.net.cn
http://www.zuojiachubanshe.com	
印　　刷：	唐山嘉德印刷有限公司
成品尺寸：	152×230
字　　数：	163千
印　　张：	15
版　　次：	2022年9月第1版
印　　次：	2022年9月第1次印刷
ISBN 978-7-5212-1906-7	
定　　价：	49.00元

作家版图书，版权所有，侵权必究。
作家版图书，印装错误可随时退换。